クトゥルー・ミュトス・ファイルズ
The Cthulhu Mythos Files

クトゥルー短編集

# 邪神金融街

菊地秀行

創土社

フレール・ド・リース館（撮影：DanielCase）
（ウィルコックス青年の家のモデル）

プロヴィデンスの街並み

クリスチャン・サイエンス教会とラヴクラフト晩年の家

# クトゥルー短編集

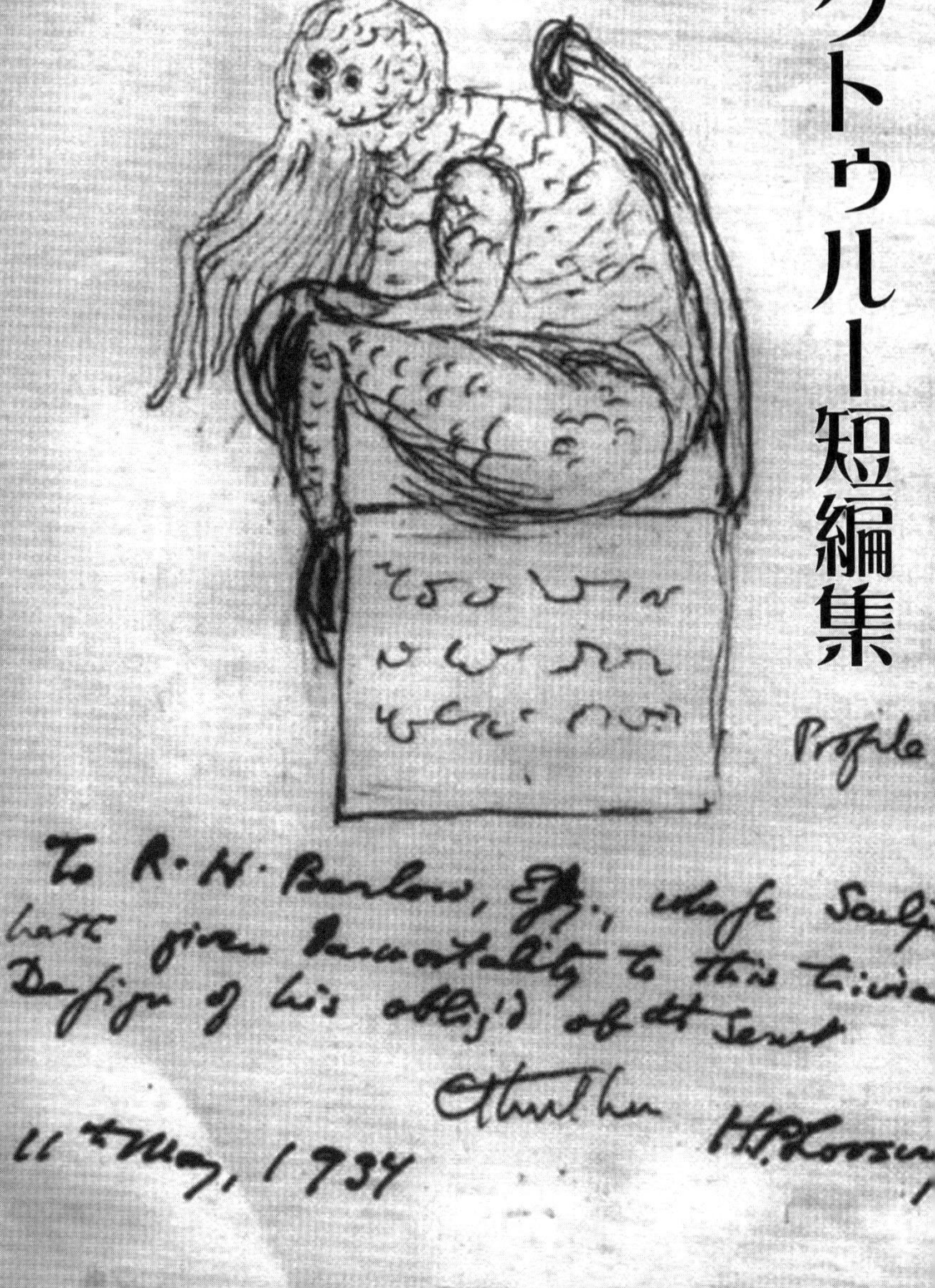
Profile
To R. H. Barlow, Esq., whose Sculpture
hath given Immortality to this trivial
Design of his oblig'd obt Servt
Cthulhu
H. P. Lovecraft
11th May, 1934

目次

# サラ金から参りました

# 1

「わかってるな、堺《さかい》」

打ち合わせ――といっても、元金《がんきん》と利息の合計、期限の確認だけだが――が終わると、社長は凄味《すごみ》の効いた声で念を押した。

少しなまりがあるが、渋くて嫌いな声じゃない。このおれが、二、三度真似《まね》たことがあるほどだ。うまくいかなかった。

「今度の相手は、ちょっと厄介《やっかい》――というか、おかしな連中だ。口先だけは達者だし、ちんけな手品で目くらましをかけるかも知れん。気張っていけ」

「辞表を出してもいいですか？」

おれは不貞腐《ふてくさ》れた声を出し、わざとらしく頭を掻《か》いて見せた。社長のことは気に入っているが、社員の実力を評価できる力量がゼロとなりゃ話は別だ。

「ああ、いいとも」

社長は平然と言ってのけた。

「この仕事が終わったらな。とっとと出て行け。片づくまで帰ってこなくてもいいぞ」

「わかりましたよ。――行ってきます。辞表を受理したら、止めないで下さいよ」

おれは踵《きびす》を返して、出入り口のドアに向かって歩き出した。

融資の申し込みや、手形割引きの勧誘電話をかけながらこっちの様子を窺《うかが》っていた同僚が、あわてて眼をそらす。

辞表云々《うんぬん》はともかくとして、追い込みをかけるときのおれは、確かに胸の中でドラムが鳴り響いている。眼が合っただけで一発食らった警官、やくざ、民間人は数知れずだ。

同僚も例外じゃねえが、てめえたちの給料を稼ぎに出かける仲間を無視するのは人の道に外れているというべきだろう。

ドアノブに手をかけ、おれは社内をふり向いた。

「おい、仲間が仕事に出かけるのに、挨拶《あいさつ》できねえのか？」

低いが、おれの声はよく通る。

社長以外の全員が、ぎょっと身をこわばらせ、一斉《いっせい》におれの方を向いた。打ち合わせてあるとしか思えない。

これも一斉に、

「御苦労さまです」

男どもはもちろん、経理の梅干し婆《ばばあ》まで笑っていたが、頬のあたりの肉が小刻みに震えているから、無理強《じ》いされたものだというのは一発でわかる。

ひとこと、けっと吐き捨て、おれはドアを開いた。

外側だけじゃなく、内側にも「ＣＤＷ金融」のプレートが貼りつけてあるおかしなスチール・ドアのむこうに、女がひとり立っていた。顔立ちもベージュのツー・ピースも、平凡な主婦の範囲内だが、その中では極上の部類だ。第一若い。二〇代半ばだろう。見事な胸と尻と腰のくびれに、おれは一秒間に百回ずつ、下着とビキニと全裸の妄想を頭の中に閃《ひらめ》かせてしまった。

よく来てくれた。どうせ逃げられなくなるんだ。そのとき、ゆっくり話をしようや。シティ・ホテルのベッドの上で。

いまは――

「お客さん？」

おれはなるたけ、やさしく訊いた。――つもりだったのに、女は後じさり、バッグで胸を隠たすようにした。女には助平《すけべい》がわかるらしい。

「うちは金貸しだが、悪気《あこぎ》な真似はしてない。さー入んなさい」

開けっ放しのドアを指さし、おれは返事も待たずに、廊下を歩き出した。いまの娘――どう出るか？

エレベーターの前まで行って、何の気なしに、という感じでそちらを向いた。

ドアが閉まるところだった。娘の姿はない。その場にずっと――おれが帰ってきても――ずっと、そこに立ち尽くしているような感じの女だったが、空気を食って生きていられるわけがない。

やっぱりな。そう確信したとき、エレベーターがちいんと鳴って、ピンク色のドアを開いた。昔、この五階は風俗店の占有で、いつの間にか公共物までこんな色に塗られているらしい。他の階にはこんな色のエレベーター扉はない。

ビルを一歩出た途端、天国から追いたてられた裸の男女の気持がわかった。

八月――夏の盛りの東京は、何もかも白く燃えている。

おれは、これまで出食わしてきた連中が考えるほど短気でも、イライラ小僧でもない。たちまち全身から汗が噴き出す熱気に包まれても、あまり気にならなかった。

自然現象が相手じゃ仕様がねえ。それなのに、前から来る運中は、みな怯《おび》え切った顔で左右に除く。解《げ》せん。

タクシーを使いたいところだが、ここんとこ、社長から経費節減を口やかましく言われているから、地下鉄とJRを使って、亀戸《かめいど》まで出向いた。

電車の次は徒歩だ。追い込みの目的地は、駅から歩いて一五分ほどの住宅地に建つ貸ビルだ。近くには亀戸天神もある。

ちっぽけで田舎《いなか》じみた――これが下町風ってか、けっ――商店街を抜けたところで、黄色い上下の男を見つけた。人を脱水症状に陥れる以外に能のない天の、せめてもの罪滅しだろう。

おれは足早に近づいた。あと五、六メートルというところで気づかれた。

もとから無表情な坊やの顔が、もっと無表情に化けるや、坊やは物色していたCD屋のショーウインドーから、警官を見かけた作業中の宝石強盗《ごうとう》みたいな勢いで走り出した。

追いかけっこの勝負はすぐついた。

　おれが向かっていた方の商店街出入り口に達したとき、おれは向日葵《ひまわり》みたいな色の肩に手をかけた。そのまま行こうとしたが、おれは動かなかった。

「何ですか、あなた？」

　そいつは、ふり向かずに訊いた。足はなおも前へ進もうとしている。いい度胸だ。おれは肩の手をそいつの首に巻いて、やさしく声をかけた。

「理光学園の職員さんだろ。おれは〝ＣＤＷ金融〟のもんだ。これから伺うところさ――一緒に行こうや」

「いえ、それは」

「なんだい、これでも学園にとっちゃ、大恩ある会社の人間なんだぜ。しかも、おたくがその恩返しも忘れてるから、憶《おも》い出してもらおうと出向く途中ときた。すげなく扱ってもいいのかい？」

「ぼ、僕は下っ端《ぱ》ですから、何も」

「ボクぅ？」

　おれは彼の肩越しに首を出し、横顔を覗《のぞ》きこんだ。餓鬼《がき》だった。

「中学生か、おめえは？」

「し、失礼な。大学を出てますよ。――て、Ｔ大です。法学部ですよ」

「ほう、法学部かい」

「何ですか、あなた、僕を莫迦《ばか》にしてるんですか？　茶化《ちゃか》さないで下さい、僕はＴ大ですよ」

「わかった、わかった、その袋は何だ？　銀行から下ろしたばかりの現金か？　ほう、三千万はありそうだな」

さすがに、もとT大生はおれが覗いた紙袋ごと、強引に身を引き剥《は》がした。

真っ赤な顔で周囲を見廻し、

「大きな声で嘘つかないで下さい」

と喚《わめ》く。

「みんな見てるじゃないですか。これはただの昼食の材料です。帰ってから作るんです。僕らはみんな、こういう質素な生活をしながら修業を積んでるんですよ」

「立派立派」

とおれはわざとらしくうなずいてから、いかにも仲間といった口調《くちょう》で、

「こりゃあ悪かったな。あんたんとこがどうこういうんじゃねえ。謝罪するよ」

「いいですよ、そんな」

もとT大生は、気味悪そうな表情をつくった。

「いいからよ——こらぁ、何じろじろ見てやがるんだ。見せ物じゃねえぞ！」

通りがかった連中や、左右の店の軒先《のきさき》で様子をうかがっていた主婦どもが、ぎょっとして顔をそむけた。

「な？　おれが一緒なら、誰にもおかしな眼で見させやしねえ。——行こうや」

おれはもう一度、もとT大生の首に手を巻いた。蛇《アナコンダ》に巻きつかれたような気分だったかも知れない。似たようなもんだ。紋めつけたのち、頭から呑んじまう。しかも、絶対に逃がさねえ。

商店街から「理光学園」の本部ビルへ着くまで、おれはもとT大のお兄ちゃんから、あれこれ訊き出すのに成功した。

兄ちゃんの名前は田久保光平《たくぼこうへい》。二三歳だそうだ。在学中から、「理光学園」の教義に魅《み》せられ、亀戸の本部に顔を出していたという。

卒業後すぐ、本部の事務局に勤め、一年とちょっとになる。

「学園の教えはどうだい?」

からかい半分で水を向けたら、

「素晴しいです。あんな立派な教義を学べることを誇りに思います!」

胸を張って喚いた。眼は完全にイっている、

「そんな素晴しい学園が、どうして、うちから融資を受けたんだい?」

「おたく――街金《まちきん》ですか?」

「そうも言うな」

「仕方がありません。うちみたいに信者も少く、お布施《ふせ》に頼れないところは、いつも大変です」

「大変たって、幼稚園も経営してるし、都内に幾つもマンションを持ってるじゃねえの。おたくの園長が来たとき、あれこれ聞いたが、もとは随分と古い宗教団体だそうじゃねえか。アメリカや南米にも支部が

あるってきいたぜ」

「それは、昔の原教団のことですよ。今じゃ、みんな弾圧を受けてつぶされてしまいました。いまの学園は、原教団の教えを捨てられなかった信者たちが、弾圧者の眼をかいくぐりながら伝えてきたものを統括すべく、新たに組織されたのです。原教団も改組して新らしい団体になり、今でも世界各地に点在していると聞きますが、うちとは没交渉《ぼっ》です。うちは支部も仙台にひとつしかありません」

金融屋にはあるまじきことだと思われそうだが、おれは田久保クンを信用することにした。誰でも嘘つきだと胆《きも》に銘《めい》じて生きてると、信用できる奴もわかるのだ。

うちは新興宗教ともつき合ったことがあるが、入信したての若い奴は、みんな田久保みたいな眼つきと表情をしていた。

希望に燃えるというやつだ。この時期なら、外からの誹謗《ひぼう》や弾圧も、神さまとやらの与えたもうた試練だと甘っちょろく受け止められる。鏡を与えてやれば、それに映る苦しみ悩む自分の姿に恍惚《こうこつ》とするだろう。

「あの——訊いていいですか?」

その角を曲がれば学園のビルが見えるというところで、田久保クンが切り出した。

「何だい?」

「うち——幾らお借りしたんでしょうか?」

「聞かねえ方がいいよ」

「はあ。——でも、おかしいな」

眉《まゆ》をひそめる田久保へ、おれは、

「何がだい？」

と訊いた。

「この不況でしょ。僕ら職員の賃金もカットされてるんだけど、学園は儲《もう》かってるんですよ。幼稚園への入園も多いし、マンションだって、みんなふさがってますしね。今どき不思議なんですけど、これも——のおかげです」

聞き直そうかなと思ったが、やめておいた。おかしな発音でよく聞き取れなかったが、こいつらの神さまか何かだろう。

「ですから、あなた方に融資を受ける必要なんかないはずなんです。この前も経理の道山さんと飲んだんだけど、苦しいなんてひとことも言ってなかったし」

「祀《まつ》るなら、神さまよりも仏さまにしとけよ、田久保クン」

「——ど、どうしてですか？」

「仏さまは何もしねえが、神さまは祟《たた》るぞ」

「莫迦なこと言わないで下さい。あなたみたいなやくざ者に何がわかるんですか!?　僕らは生命《いのち》と魂《たましい》を賭《か》けて、修業を積んでるんですよ。尊さからいえば、僕らの一秒は、あなたの一年にも相当します！」

「へいへい——失礼したな」

おれは肩をすくめて角を曲がった。どうでもいいこった。神さまが金を返してくれるわけじゃねえ。

## 2

「理光学園」のベースは「理光教」という新興宗教だが、おれは、そこの経営者——大神田《おおかんだ》という名の教祖と女秘書がやってくるまで、名前も知らなかった。

世間では宗教団体＝《イコール》お布施の山と慣習的に刷り込みがされているようだが、おれたちの仕事から見れば、教祖の財布《さいふ》をふっても塩しか出てこない方が圧倒的に多い。

ただ、さすがに信徒の中には、公務員や小金持ちも多いので、連帯保証人には事欠かないから、大体要求額は審査を通る。また、大抵の団体は、信徒個人を融資の矢面《やおもて》に立たせて、団体名はあくまでも隠蔽《いんぺい》しようとするから、「理光学園」みたいに教祖がわざわざ出向いてくる例は珍らしい。

要求額は三億。「理光学園」の土地と建物が、抵当権ゼロのきれいな品だったので、十分に担保の役に立った。

唯一《ゆいいつ》、一〇回払いというのが、無茶すぎると思ったが、社長がいいというので貸すことになった。

金利が二分で額面三六〇〇万円の手形を一〇枚書かせ、現金を教団本部まで届けたのは、教祖と秘書がはじめて顔を出してから一週間後だった。

そのさらにひと月後が回収日だ。

指定口座に振り込みがないので、教団へ電話をかけると、出る奴出る奴さっぱり要領を得ない。こら下手を打ちかねないと、おれが出向いたわけだ。

さして大きくはないが、五階建ての本部ビルと後ろのマンションと保育園が眼に入るとすぐ、おれは急に周囲が暗くなったような気がして、頭上をふり仰《あお》いだ。いつの間にか厚い雲が出ている。太陽はその内側《なか》だ。

「断っておきますが、僕が案内したなんて言わないで下さいよ。あなたが勝手についてきたんです」

田久保クンは念を押して、白い門に取りつけられたインターフォンのスイッチを入れた。

かたわらに立つおれの耳に、例のピンポンが聞こえ、田久保クンが、

「田久保です、今戻りました」

と告げた。

それきり突っ立ったままだ。内側から開けてもらうまで入れないらしい。二、三年ほど前に出向いたやくざの事務所もそうだった。ドアのビデオ・カメラといい、人間を救う宗教は、人間を疑うことからはじめるらしい。

生憎《あいにく》、返事はなかった。

田久保は首を傾げて、もう一度、名を名乗ったが、結果は同じだった。

「おかしいなァ」

とぼやきぼやきドア・ノブを掴《つか》んで廻すと、

「あれ？」

簡単に開いた。とまどっている田久保クンの背中を押すようにして、おれは内側《なか》へ入った。

一階はオフィスらしい。「理光学園」と「理光教」のポスターが壁を埋め、応待用のデスクには同じ写真を使ったパンフがまとめて刺してある。

田久保と同じ制服を着たのが座禅を組んでるみたいなつまらねえ図柄だが、ちょっと可愛らしい娘《こ》なのが救いだ。

「おかしいなあ、みんな、どこ行ったんだろう？」

田久保の言葉どおり、並んでいるデスクの前には人っ子ひとりいない。

おれは手近かのデスクに近づき、そこに置いてあった湯呑み茶碗を取り上げた。

「おい、そっちのコーヒー・カップを取ってみろ」

と田久保クンに命じた。ムッとしたようだ。

「お取り下さいな」

と訂正した。それで従うのだから、成程、簡単に字引漬けになるわけだ。

「熱いか？」

とおれは訊いた。田久保クンは妙な表情で、

「ええ。湯気《ゆげ》も立ってます」

「そこのカップもか？」

「同じです」

「この湯呑みもそうだ。つまり、少くともつい数分前まで、ここにはみんないたんだ。緊急招集でもかかったんじゃねえのか？」

田久保はカップを戻して、

「それは――でも、そうかなあ。なら、上だけど」

と、奥の階段の方へ眼をやってから、もう一度周囲を見廻し、あれ？　と眉を寄せた。

眼は床に落ちていた。

しゃがんで、

「何だよ、これ？」

とつまみ上げた。ずるずるとついてきたのは、田久保クンが着ているのと同じ教団の制服だった。

ぼんやりとそれを見つめ、また床の方を見て、

「そこにもある」

と指さして、もう一枚を拾い上げた。

胸にプレートがついている。

「竹中さんと佐古田さんのだ。だけど、こんなところに服も捨てて、どこへ……？」

「あっちにもあるぜ」

とおれは奥のデスクの方へ顎をしゃくった。

三脚の椅子の下に制服がへたりこみ、残る一脚の上に上着だけがかろうじてへばりついている。

「どこ行ったんだ、みんな。どう見ても、つい今しがたまでお茶を飲んでいて、急に制服を脱ぎ捨てたとしか思えない。何でそんなことを？」

「上は道場だったな？」

一度、返済額の交渉でここへ来たとき、教祖自ら手を取って案内してくれたから覚えてる。

「そうです」

田久保はぼんやり答えた。手には制服を掴んだままだ。

「何人くらいいる？」

「今日は、一五、六人ですか。修業の真っ只中ですよ。見に行ったんだ。きっと」

「ストリップをしてからか？」

とおれは嘲笑《あざわら》った。

「それに修練の真っ最中にしちゃ、物音ひとつしねえ。よくよく防音がいいんだな」

「音が？」

田久保は耳を澄ませ、すぐ、

「そういえば、そうだ。――おかしい」

制服をきちんと椅子に乗せ、階段の方へ大股で歩き出した。

何かおかしなことが起きているらしい。返済額を受け取る以外のことには、絶対に首を突っこまないのが金融屋の鉄則だ。

「おれはここにいるぜ。人がいたら、教えろ」

返事は、階段を上がる足音だった。

上がるとすぐ道場だ。反応はすぐ――と思ったら、一〇秒ほどかかった。

猛烈な勢いで田久保クンが下りてきた。階段の途中でいったん止まり、また駆け下りる。階段自体に怯えているように見えた。

下り切ったところで、おれの名を呼び階段の上を指さした。

「どうした？」

「見て来て下さい。僕には、よくわかりません」

「うるせえな」

とおれは拒否してやった。

「おれはここへ返済期限を過ぎた金を取りに来ただけだ。余計なことに首は突っこまねえ」

「だから――教祖さまもいますよ」

くぐもった声が、おれの深いところに眠っているものを久しぶりに刺激したと思う。

おれは階段を上がった。

上がると板敷《じ》きの廊下がぐるりと取り巻いた、五〇畳ぶち抜きの畳式道場だ。

そこも脱ぎ捨てられた制服の山だった。おかしな野郎どもだ。修業の最中に服なんか脱いで、どこへ行きやがった。

「どうです？」

いきなり、隣りから声をかけられ、おれは、ぎょっとしてふり向いた。田久保が立っていた。顔面蒼白だ。

仲間が裸で逃げ出したくらいで、なに驚いてやがる。

「どうですって、何がだ？」

おれの答えに、田久保の坊ちゃん面は、みるみる歪《ゆが》んでいった。ほう、怒ってやがる。

「わからないんですか、そんな平気な顔して。――ほんの五分前まで、このビルには、みんながいたんです。下じゃ、コーヒーやお茶を飲みながら、事務をとってたんだ。ここでは、みんな――カリキュラムからいくと、教祖さまを中心に瞑想《めいそう》にふけってた。ほら、あの中央にあるのが教祖さまの服です。そのとき何かが起こったんだ。僕らがドアを開ける、ほんの少し前に。みんな、服だけ残してどこかへ行ってしまったんだ。――何が、おかしいんです⁉」

「おめえ、おかしくねえのか。自分の言ってることがよ。男も女も、事務とったり、座禅《ざぜん》か何か組んでたりしてる最中、急に服を脱いで――下の服にゃ下着もついてたよな。――真っ裸になって、教祖さまの命令一下、どっかへ出てったと――これが笑い話でなくて何だ？　おめえ、この教団とやらは、神の教えに従ってストリップしながら町ん中をうろつく癖があるのか？」

「あなたは何も知らないんだ。——世の中には、僕たちみたいに宇宙の真理を極めようと修業を積んでいると、常識では考えられない現象に出食わすんです」

「おれに言わせりゃ、人から金を借りといて、夜逃げする方が、常識じゃ考えられねえさ。おい、上は何だ？」

「別の道場と倉庫と教祖さまのお部屋です。道場は使ってません」

「調べさせてもらうぜ」

おれは田久保クンともどども残りの階をすべて調べた。

結果は、廊下と幹部の部屋に数着の制服と下着が見つかっただけだった。

一階へ下りるまでに、おれは真相を把握《はあく》していた。

「警察へ届けた方がいいですかね？」

弱々しく尋《たず》ねる田久保の顎《あご》へ、おれは右のフックを一発、お見舞いした。暴力行為は絶対にご法度《はっと》だが、時と場合と相手によっては効く。

事務室のソファにぶっ倒れた田久保は当然、

「何をするんですか!?」

と喚いたが、すぐ静かになった。おれが、

「それは、こっちの台詞《せりふ》だよ、坊や」

凄味をきかせたからだ。効果は持続させなくちゃならねえ。おれは彼の胸ぐらを掴んで引き起こし、

「ある日、教祖以下全員が裸で逃げ出しゃ、借金がチャラになるとでも思ったのか、おい？　ふざけた手え使いやがって。おまえの仲間がどこへズラかろうが、こっちは地の底まで追いかけるぞ。街金が、こんな見えすいたオカルトもどきの手に引っかかるなんざ、今日び餓鬼でも思いつきゃしねえぞ」

「ま、待って下さい」

と田久保クンは泣きべそをかきながら、抗弁した。

「まさか、僕らが借金を返せなくなって、こんな手を使ったと思ってらっしゃるんじゃないでしょうね？」

「他にあるのか、莫迦野郎」

「どこの世界に借金から逃げるために、こんな真似する人間がいるものですか。そんなこと考えるあなたの方がどうかしてる。おかしいのは、あなただ」

「この野郎」

拳《こぶし》よりも声に力をこめたとき、田久保クンの表情が変わった。

大きく見開かれた眼が、おれの肩越しに背後を見つめている。

ふり向いて、おれの眼も剥き出しになった。

階段の横は狭い通路になっていて、奥にスチール製のドアがはめこんであるのだが、その前に四つか五つと思《おぼ》しい男の子が立っているのだった。

「何だ、ありゃ？」

おれは子供から眼を離さず田久保クンに訊いてみた。

「保育園の子です。見覚えがある。でも、どうして、こんなところに？」

「あのドアは何だ？」

「地下への階段です。下は倉庫に使ってます」

「そこから出て来たのか？」

「はい。でも、どうして、あんなところから？」

「んなこた、地下へ行ってみりゃわかるさ」

「ついて来てくれますか？」

「莫迦野郎。おれにそんな義理があるか」

「じゃ、離して下さい。あの子に訊いてみます」

仕様がねえ。田久保クンは餓鬼のところに行き、上から肩を掴んで、

「名前は？」

と訊いた。無駄な努力なのはわかっていた。餓鬼の表情は、虚《うつ》ろそのものだ。おれは何度も見てる。融資のかたに、家や土地を取られると決まった連中の顔だ。中小企業の親父に圧倒的に多い。

「ここで何をしてたんだ？　地下に何かあったのか？」

無反応に業《ごう》を煮やして、奴は肩をゆすりはじめた。

# 3

おれは鼻先でせせら笑うと、二人のところへ行き、田久保クンを押しのけた。

「あんた、兄弟いねえのか？」

「え、ええ。——手伝ってくれるんですか？」

仕方がねえ。教団の連中がどこへ行ったかわからないままでも、公正証書は取ってあるから、教団の土地と建物は自由に処分できるが、今度に限って、おれは一発でそうする気になれなかった。理由はわからない。

おれは子供の顔の高さまで身を屈《かが》め、片手を肩に当ててから、残った手でやさしく頬《ほお》を叩いた。

「小父《おじ》ちゃんがわかるか、お？　ん？」

と笑いかける。それでも、いまにも崩《くず》れそうな無表情には、微動の変化もない。

ここが我慢のしどころだ。

「坊や——名前は何ていうんだ、え？　鈴木か佐藤かウルトラマンか？」

効果無し。

「しゃーねえな、こりゃ」

おれは半ばあきらめて立ち上がった。

「かなりのショックを受けてる。病院へ連れてった方がいいな」

ドアが返事をした。蝶番《ちょうつがい》のきしみがいやに耳に響く。

おれは、いつでもパンチを出せる体勢で、地下からの第二の登場人物を迎えた。

現れたのは、異様に痩《や》せこけた男だった。制服をつけたミイラかと思ったほどだ。

「安積《あづみ》さん!?」

田久保クンが駆け寄り、

「無事だったんですか？　みんな、どこへ行ってしまったんです!?」

骨男《ガラ》は答えた。落ちくぼんだ眼でおれの方を見つめていたが、ゆっくりと右手を上げて、おれの方をさし、

「彼は……誰だ？」

と訊いた。声までガリガリだ。

「あ、あの――」

「CDW金融から参りました。――堺と申します」

とおれは丁寧《ていねい》に挨拶した。

「何をしに……来た？」

「おたくの教団の、支払い期日が昨日でしてね。それで伺いました」

「支払い……期日？……教祖さまに訊きたまえ」

「その教祖さまも、服だけ残して、どっかへストリップ行脚《あんぎゃ》にお出かけらしいですぜ」

「あんた——やめろ！」

田久保クンが大あわてで叫んだ。

「金は払って……やる」

と骨男は、寝呆《ねぼ》けたような声で言った。

「そうはいかねえんだよ」

とおれは言った。

「保証契約書の第二条——〝期限の利益の喪失〟にこうある。〝この契約に係る手形、小切手が不渡りになった場合、債務者又は連帯保証人は、ただちに債務の全額を弁済する〟ってな。この建物も土地も今日明日中に差し押さえさせてもらうぜ」

ようやく、骨男の顔に人並みの動揺が浮かんだ。返事はそれから三秒ほどしてあった。

「少し……待て！　相談してみる……」

「誰に？」

やっぱり、教祖とつながってやがるな。

「少し待て」

と繰り返す骨男に、おれははっきりと首をふった。

「悪いが駄目だ。おれは一応、社長にいわれてここへ顔を出してみただけさ。手形は全額、いまここで買い戻してもらうぜ」

骨男は棒立ちになっていたが、じきにうなずいて、おかしな質問をした。

「契約書は……あるか？」

「もちろんだ」

おれは上衣《うわぎ》の胸ポケットを上から叩いた。教祖の印鑑登録証明書と委任状、保証契約書を入れた封筒は無事そこにあった。

「期日を……確かめた……い……見せろ……」

「悪あがきはやめろって」

「……見せろ」

「へえへえ」

おれは封筒を取り出し、保証契約書を抜き取って、ミイラの顔の前にぱっ、と広げてやった。

「どうだい？　納得したか？　弁済の期限ってとこだ。昨日と書いてねえか？」

「ああ」

奴の返事の意味がわかるまで、一瞬の間があった。

「白紙を見ても……仕方がない」

「なにィ!?」

おれは契約書をひっくり返した。

さすがに、がん、と来た。

白紙だった。文字ひとつ書いていない。他の書類も見た。同じだった。

「支払って……欲しければ……契約書を持って……こい。これでは……契約そのものが……成立……せん」

そんなはずはない。出てくるとき、確かに中身は調べたのだ。

「もう一通――ここの分があるはずだ。出せ」

とおれは脅《おど》しをかけた。

「それは……ご教祖しか……知らん――では」

「おっと、待った。おかしな手品使いやがって――こんな手で金融屋を騙せると思ったら、大きな間違いだぜ。――返しな。手品使ってかっぱらった証書を、返すんだよ」

おれは骨男の胸を押した。細い手が脇からおれの手首を掴んだ。全身が芯《しん》から凍りついたような感覚がおれを捉えた。他の感覚はなくなったってことだ。

骨男が手を離すと、おれはその場へ膝《ひざ》をついてしまった。

「では……」

骨男が行こうとした。このとき、奇妙な出来事が生じた。子供も連れていくつもりだったらしく、その肩に手をかけた途端、子供は別人のような激しさでそれをふりほどき、おれにすがりついてきたのだ。

「怖いよ」

と少年は叫んだ。

「助けて。怖いよ。ばらばらに斬《き》られちゃうよ」

「田久保」

骨男に叱咤《しった》され、後から追いかけてきた田久保クンの顔面へ、おれは、「あーあ」と欠伸《あくび》のふりをしたバックハンドを叩きこみ、餓鬼を抱き上げると、素早く玄関へと移動した。ここの連中に対する切り札になると踏んだのである。

「この餓鬼面白えこと言ってたな。おまえらの教団とやらも、あんまりまともたあ言えねえようだ。おい、後でまた連絡するがな、金貸しを甘くみるんじゃねえぞ」

こう言い残して、おれは手品使いどものビルをとび出した。


会社へ戻って、社長に事情を話すのは、正直、ひやひやものだった。一度、追い込みにしくじっただけで、馘首《かくしゅ》された社員を山程見ている。

ところが、社長は、

「わかった。だが、弁済はさせなきゃならんぞ。おまえ、責任を持って取ってこい。誰もつけん。ひとりでやるんだ」

妙に落ち着いた声で告げただけだった。

「もちろんです」

と胸を撫《な》で下ろしながら、おれは、ひょっとしたら、社長はあの学園と教団について、何か知ってるんじゃないかと疑った。

だが、それを口に出す前に、

「それからな、お前には、もう一件、担当してもらうことにした」

社長は機先を制するように命令した。

困ったのは、餓鬼の処置だった。

社長に何とかして欲しかったのだが、おまえのしでかした不始末だから、てめえでケツを拭けという。

とりあえず、千秋の店へ連れていった。おれの愛人《おんな》で一五年のつき合いになる。ところが、二階の寝室から下りてきたネグリジェ姿をひと目見た途端、餓鬼はおれの後ろに隠れ、挨拶しろといっても動こうとしない。

千秋も頭に来たらしく、おれの説明もきかず、

「どこの坊ちゃんだか知らないが、あたしとは合いっこないよ。連れて帰って」

と、また二階へ戻っていっちまった。

大体、この餓鬼、骨男《ガラ》野郎を見てから少しはまともになったかと思ったら、あそこを出たらまた宙《ちゅう》の一点を見据《す》えはじめてしまい、何を尋ねても口ひとつ聞かねえ。マンションへ置いとこうかと思ったが、千秋のところへ寄ったせいで、社長に押しつけられたもうひとつの仕事を処理する時間になっちまった。連れていくしかない。

おれの留守に、一〇〇万円の借金を申し込みに来た女が、仕事の相手だった。

名前は木造《きづくり》美保。渋谷区役所に勤める二四歳の公務員だ。金融屋にとっては、最高の上客である。

給料、退職金――公務員ほど確実に〝引っ張れる〟勤め先はないからだ。一〇〇万なら連帯保証人なしでもいける。

「ただな、家の改築費用というのが、ちょっと気になるんだ」

と社長は言った。

「一〇〇万でできる改築なんざ、たかが知れてる。しかし、あの娘が嘘をついているとは思えない。――そうだな、江頭?」

美保の相手をした同僚も社長室に呼ばれていた。

「ええ。ただ、おかしな感じでしたね。嘘をついてるというんじゃなくて、本当のことを言ってるんだけど、それが信じられないっていうような」

おれは腹をたてた。

「どうでもいいじゃないですか、そんなことは。こっちは貸した金に正当な儲け分をつけて返却してもらやいいんだ。それをきちんとしてくれるのなら、悪魔にだって貸しますよ。借金の理由なんざ、親を殺すための費用だって構やせんでしょうが」

「そのとおりだ。だから、契約は結んだ。おまえ、これから行って、改築の様子を見てこい。もうはじめてるらしい」

「忙しいんですよ、おれは」

「当り前だ。でかい下手を打ったんだからな。おれはお前に、それを挽回するチャンスを与えてやろうとしているんだ。——行け」


木造美保のマンションは、明治神宮の表参道と、明治通りの交差点から、渋谷寄りの道を入った住宅街の一角にあった。築一五年は過ぎている。ま、百年だろうが千年たとうが、約束の金額さえ返してくれりゃあいいんだが、社長直々の命令だ。おれは三階の一室の前で、壁についたチャイムを押した。すぐに開いた。出て来たのは、油ぎった顔の親父だった。

灰色の制服を着て、腰にはハンマーやレンチをつっこんだビニールの袋をつけている。ガス屋か水道屋だろう。

おれがのくと、そいつは挨拶もせずに廊下を歩き出した。ドアの向こうから、待って下さい、と声が聞こえたのはその後だ。

走り出てきた女の顔には見覚えがあった。おれが「理光学園」へ出かけるとき、事務所の前ですれ違った娘だ。

女はスリッパのまま廊下へ跳び出し、こわばった顔を左右へふり向けたが、水道屋かガス屋だかは、どこにも見えなかった。

すぐに、美保はおれに気づいた。おれが会社名と本名を名乗ると、ああ、と破顔して、融資の礼を言った。性格は良さそうだ。

「実は社長があんたのこと、妙に気に入ってってな。改築の進み具合を見てこいというんだ」

と少しフィクションを混えて来意を告げた。

美保はじっとおれを見つめた。奇妙な反応だ。敵意はない。じきに唇をきっと結んで、

「――社長さんは、何かご存知なのでしょうか？」

と訊いた。

「いや、別に」

「では――金融屋さんが、契約も済ませた客の改築具合まで調べに来るんですか？」

そうだといって、騙くらかす手はいくらもあったが、おれは正直に話した方がいいと判断した。

「まず、あり得ないですね。社長は少しおかしいです」

結果は吉と出た。おれを見つめる美保の表情から、警戒と疑惑の色は、きっぱりと拭《ぬぐ》い去られていった。

単に美保自身が、味方を必要とする切迫した事態に置かれていただけかも知れないが。

「お入りになって下さい。お見せします」

先に戻る美保について、おれも部屋に上がった。

十畳ほどのダイニング・キッチンがあり、部屋はその奥だ。

右手がユニット式のバスになっている。ドアが開きっ放しだ。ここだな、と思った。

美保はドアの脇に立ち、

「入って見て下さい」

と言った。

狭苦しいバスだが、トイレは別なのが救いだ。

鼻に妙な匂いが染みこんできた。原宿の真ん中では、絶対に嗅《か》げないはずの匂い――潮《しお》の香りだった。

背後で美保が言った。

「蛇口を見て下さい」

これか、と思った。お湯と水の栓が二本並んで一本の蛇口にくっついているタイプである。

それはいいのだが、なんと蛇口のもとから水道管が、三〇センチばかり、バスの方へ突き出ているのだ。

これでは、湯舟に入りづらくて仕様がないだろう。

「これが改築中ってやつですか？」

ふり向いて訊くおれの前で、美保は眼を伏せた。

「失礼ですがね、こいつを引っこめるのに百万も必要だとは思えませんぜ」

「おっしゃるとおりです」

と美保は認めた。

「一〇〇万円は修理のお金じゃありません。その、突き出た水道管にかかる費用なんだそうです」

# 4

「そうです？――あんた、確かめもしないで払おうってんですか？」

いつの間にか、いつもの口調になっていたが、おれは気にしなかった。曖昧に金を動かそうとする女に、猛烈に腹が立っていた。

美保の次の台詞がそれを助長した。

「実は――私にはよくわからないんです。一週間前にさっきの配管工の人がやってきて、工事をはじめたんです。家の外に、四トン・トラックで乗りつけて、山程積んだ水道管を、毎日通していくの、もう何十キロにもなるはずです」

「いい加減にしろよ、おい」

まずい、と思ったが、つい、出ちまった。

「どいつもこいつも、おかしな寝言《ねごと》ばかり口にしやがって。どこの世の中に、勝手にやって来て、トラック一杯の水道管を他人の部屋に突っこんでく奴がいるんだよ。第一、四トン・トラック一杯だぞ。そんなものどうやって通す？　あの親父ひとりじゃ、十日かけたって終わりゃあしねえよ」

「それは――見ていらっしゃらないからですわ。本当にやってしまうんです。まるで、魔法だわ」

「おい、あんた。いい加減にしねえと、契約履行《りこう》無能力者とみなして、いま一〇〇万返却してもらうことにするぜ」

「嘘じゃありません。それに、あの人、勝手に来たんじゃないんです。父が頼んだんです」

おれは、真正面から美保の表情を見つめ、職業柄、下してはいけない判断を下した。この娘――本当のことを言っているのだ。

「こちらへ。お茶でもいれますわ」

浴室を出て、キッチンへ向かおうとする美保へ、おれは柄にもなく、弱々しい声を出した。

「なあ、その――ひとり連れて来てもいいかな？」

「会社の方？」

「いや――餓鬼なんだ？」

「お子さん連れで――お仕事を？」

「いや、違う――とにかく、いいか？」

おれが切れる寸前と見たか、美保はあわてた風に、ええ、とうなずいた。

おれは礼を言って、部屋を出た。

会社のベンツは、駐車場の空きスペースに入れてある。

また、愚図《ぐず》るかと思ったが、今度はおれの後ろに隠れることもなく、美保がこんにちは、と挨拶をすると、ぺこりと頭を下げた。

驚いたらいいのか笑ったらいいのかよくわからねえ。この餓鬼、虚ろな面《つら》して、人を見てただけか。

「済まないが、この餓鬼にも何か飲ませてやってくれ」

「もちろんです。それから、子供の前で餓鬼って呼ぶのはやめて下さい。あなたのお子さんじゃないのね」

「違う！」

と叫んだのは、餓鬼だった。とんでもねえ野郎だ。とっくに正気に戻ってやがったらしい。

おれがにらみつけると、さっさと椅子を下りて、美保のそばに逃亡した。リチャード・キンブルか、てめえは。

すがりつく餓鬼の頭をやさしく撫でながら、美保は、お名前は？　と訊いた。

「小山内香《おさないかおる》」

おれが何回訊いても答えなかった。

事情が知りたそうな美保へ、

「おれたちのことはいい。そっちのを聞かせてくれ」

とおれは意図的に生真面目な声を出した。頭のおかしな女には、ビタ一文貸せやしねえ。

美保の話は、おれの常識からすると、ガイキチのたわごととしか思えない代物《しろもの》だった。

丁度一週間まえ、証券会社に勤めていた父が、帰宅するなり、辞表を出してきた。明日から、出家して、ある宗教団体に入信すると言い出した。

仰天《ぎょうてん》してあれこれと問い質《ただ》すと、半年ほど前に勧誘を受けてから、ずっと考えていたことだという。

ついては、信徒としての決意を見せるために、資格審査を受けなくてはならない。

「家に水道管を通す。そのための費用は五〇〇万。工事はすべて教団の方で手配する」

気が触れたとしか思えぬ宣言に、美保も血相変えて問い詰めたが、父親は何かに憑《つ》かれたみたいに宙の一点をみつめるばかりで何も言わず、その晩のうちに荷物をまとめて部屋を出て行ってしまった。

茫然《ぼうぜん》としているうちに夜が明け、区役所へ出かける寸前、見すましたようにさっきの水道屋が現れ、浴室の蛇口を外し、水道管の延長工事を開始した。

「それが、重い何メートルもある管を外から何本もまとめて担《かつ》いでくるんです。工事もものすごく早くて、あの調子だと、一日に何十キロも延ばしているんじゃないかしら」

「あのな、ここは野中《のなか》の一軒家じゃねえ。原宿の住宅街にあるマンションの三階だ。そんなもの、つないで、どこへ延ばしてくんだよ？　地面へか？　そんな作業がひとりでできるもんか」

「私だってそう思いました。でも、本当なんです。さすがの私も気味が悪くなって、お金は払うから、もう来ないでくれっていいました。でも、工事が終わらないから、明日また来るって。ですから、確かめられますよ」

「そんなことしてどうなるんだ」

おれはテーブルを叩いた。

「おれは金融屋だぞ。金を貸して回収するのが商売だ。どこへ延びるかわからねえ水道管の話なんか聞いてられるかよ」

「でも、確かめなくて、貸して下すった分を取り立てられるんですか？」

「いや」

沈黙せざるを得なかった。胸の中で社長を呪った。なんでそんなおかしな件《やま》ばかり踏ませたがる？

おれは金の話に切り替えた。

父親と美保の貯金は合わせて八〇〇万少しあったが、こんなおかしな資格審査とやらに支払う気は毛頭なかった。

ところが、初日の一方的な工事に怒り狂って一一〇番しようとしたとき、父から電話が入り、一週間以内に五〇〇万円払わないと、生命にかかわると聞かされたのである。切迫《せっぱく》した口調ではなかったが、放ってはおけない。

その日のうちに貯金は全部下ろし、伝手《つて》を辿って出来る限りの金策をした上で、不足分を補うべく、うちへ来たのだという。実際に必要な額はあと三〇万ほどだが、当座の生活費も含めての一〇〇万円であった。

「で――工事はいつ終わるんだい？」

「わかりません」

「しかし、どんな手品を使ってるんだ！」

「手品じゃありません。あれは本当に——だって、本物の水道管ですよ。私、触わってみました。それが、どんどん浴室へ消えていくんです。蛇口を外して、どうやってかはわからないけど、管をつないで押すと、ぐうっと壁の中へもぐりこんでいくの。私だって信じられなかった。でも、本当なんです」

「騙されてんだよ、あんた」

「じゃあ、見て下さい」

「おお、見せてもらうぜ」

どのみち、もう少しはっきりさせねえと、回収はできない。改築はともかく、改修は間違いないわけだ。

「で——この教団の名前、何てんだ？」

「『理光教団』ですわ」

おれが眼を剥く前に、香が悲鳴を上げた。

美保の腰にすがりついて、しゃくり上げはじめる。そうか、こいつに何も聞いていなかった。

「この餓——いや、この子は、『理光教団』の地下室で何かされかかったらしいんです」

「まあ」

「おい、何があったんだ？」

訊いたら、香はますます激しく泣き出した。

「そんな怖い顔しちゃ駄目です。可哀相《かわいそう》に——いいのよ、辛《つら》いなら何もしゃべらなくて。後でその気になったら、教えて」

香はしばらく泣きじゃくっていたが、じき、しゃくり上げになり、それがすすり泣きに変わった頃、ようやく言葉が混りはじめた。

「あのね……僕……あの地下で……伴《とも》ちゃんと……バラバラにされそうになったの」

「バラバラって……」

美保は息を呑んで、香を見つめ、それから、おれへ視線を移した。

「あり得るよな？」

おれも渋々と同意せざるを得なかった。宗教団体には前例があるからな。

それから、香の口から聞き出した事実は、本当だとしたら、胸糞悪くなる出来事の羅列《られつ》だった。

香は何日か前に、保育園の庭で遊んでいるうちに気を失い、気がつくと、窓のない部屋でベッドに寝かされていたという。

そばには保育園の先生のひとりがいて、香が気を失ったので調べたら、体内の病気が発見された、しばらく、ここにいて治療しましょう、と告げた。お家にはもう知らせてあると言われ、香もそれならそれでもいいと考えた。叔父夫婦は日頃から彼を邪魔もの扱いして保育園へ入れたきり、何日も引き取りにこなかったこともあり、家へ帰れば、二人揃って虐《いじ》めにかかったからである。

食事の世話や話し相手には、先生や、保育園でよく見かけた掃除婦の女がなってくれたし、毎日変わったオモチャが用意され、寂しさは感じなかった。

時々、子供心にも不安になって、いつ出られるのかと訊くと、先生も掃除婦も、決まって、

「もうじきよ。でも、お家に帰れるかどうかはわからないわ。――帰りたい？」

「ううん」

と香はきっぱり答えた。

何日かして、眼を醒《さ》ますと、枕下《まくらもと》に先生が立っていた。いつもの普通の服ではなく、学園の職員が着る制服姿だった。

「さ、出ましょう」

と言われ、

「お家へ帰るの？」

と訊いた。帰りたくなかったからである。

「いいえ、もっとずっといいところへ行くの」

と先生は答え、香の手を引いて表へ連れ出した。

外には先生と同じ恰好《かっこう》の連中が並んでいて、先生と香を先頭に歩き出した。みな、見覚えのある顔で、別の子供の両親もいたという。

長いこと歩いて、別の部屋へ入った。

正面の壁には、大きな、蛸《たこ》みたいな形の生きものの像が飾られ、あちこちで蝋燭《ろうそく》が燃えていた。赤い布をかぶせた壇が二つ並び、そのうちのひとつに、香と仲のよかった伴ちゃんという子供が横たえられてい

た。

香も先生に抱き上げられ、もうひとつの壇に乗せられた。不安になって、どうするのと訊いても、大丈夫よと先生はやさしく笑うばかりだった。

そこへ、がりがりに痩せたあいつ――安積がやってきて、香の顔に触れた。全身が痺《しび》れて動けなくなった香へ、骨男は不気味に微笑み、蛸の像のところへ戻って――何か口にした。中にひとつ、おかしな言葉があって、学園の連中は、みなで何度もそれを繰り返したという。その上に、必ず〝偉大なる〟とみなつけたというから、奴らの信仰する神さまか何かの名前なのだろう。

骨男野郎の訳のわからないおしゃべりが終わると、隣りの伴の壇に、別の女の先生が近づいた。

ＴＶのホラー映画で見たことのある長いチェーン・ソーを抱《かか》えていた。

そこで、先生は伴をばらばらにしてしまったのである。

チェーン・ソーの先が触れるたびに、伴の手足が首が胴が切り離され、やがて、先生はとんでもない機械を香の方へ向けた。

それから先は、よく覚えていないという。急に生あたたかい風が吹き、明りが消えた。

また、例のおかしな神さまの名前が乱れ飛び、あちこちで悲鳴が上がると、急に静かになった。

先生の名前を呼んだが、返事はなく、香は手さぐりで壇を下りた。痺れはいつの間にか消えていた。

ドアの位置もわからない闇の中だったが、自然にドアが開いて、そこから外へ出た。風のせいだろう。

後は廊下へ出て階段を上がり、おれと会ったというわけだ。

廊下には、学園の職員の制服が落ちていたという。

## 5

「なんてこと……信じられないわ」

美保がしっかりと香を抱きしめた。

おれは別の感想を持った。

「成程な。それであのガラ野郎に怯えてたのか。この子が見たことは、全部本当だよ」

「でも——いくら何でも、子供を……」

「何百人も乗ってる地下鉄に毒ガスを撒《ま》く医者や坊主がいる時代だぜ。うちの借金返すために、親を殺した道楽息子もいたよ。人間、その気になれば何でもやっちまうもんさ。ま、今日はここまでだ、また明日くらあ」

「待って——『理光学園』はどうするんですか？」

「後でおれの方から警察に連絡しとくよ。あんた、関わりになりたいか？」

「いえ——そんな」

「なら、おれにまかしときな。ちょっとやらなきゃならないこともあるんでな。——さ、行こうや、香」

この恩知らず餓鬼は、さっさと美保の陰に隠れちまいやがった。

やだやだと泣き叫ぶのも構わず、おれは無理矢理、美保から引っぱがすと、横抱きにしてドアの方へ向かった。

「ちょっと待って下さい。――可哀相よ！　何だったら、私が預ります」

叫ぶ美保へ、

「悪いがこの坊やにゃ用があってな。それに、あの水道管屋が『理光学園』と関係があるとわかっちゃ、もうここへは置いてけねえのさ」

「なら――なら、私が行きます。あなたの用が終わるのに、何日かかるんですか？」

「さてな――長けりゃひと月か一年か。短かけりゃ、一日でも済む話だ」

「なら、いいわ。明日、あの水道屋さんが来るまで、その子私が預ります。用意するまで待ってて」

「預るってどうするんだ？」

内心、しめたと思いながら、おれは小莫迦にしたように訊いてみた。

「一泊くらいならビジネスホテルに泊まれるわ。何なら、あなたのところへ泊めて下さい。そうだわ、その方が経済的だわ――そうしますからね」

おれは反対しなかった。よく見ると、この小娘、結構、いい肉体《からだ》してやがる。

二人を乗せて車をスタートさせたとき、携帯が鳴った。

会社の後輩――青田からだった。

「おかしなのが来てますよ。堺さんに助けて欲しいって」

「何だ、そいつは？」

「田久保って坊やですよ。『理光学園』で今日、堺さんに会ったたって」

「わかった」

おれは携帯を切って、ハンドルを握りながら考えた。

「理光教団」が、「理光学園」の保育園から、親子の縁のうすい――行方不明になっても、親があまり気にしない子供を選んで、気色の悪い宗教儀式の生け贄《にえ》に捧げようとしたのは間違いない。

何らかの理由で、それは失敗に終わった。香が現場を通るときにふり向いていたら、恐らく、ひとり安積を除いて、そこにいた連中全員の衣類が床に捨てられていたにちがいない。

こうなると、おかしな手品を使ったのは安積しかいない。だが、奴はなぜそんな真似をして香を助けたのか。うちからの借金を帳消しにするための手品だと思っていたのが、そればかりじゃないらしい。

何にせよ、香は殺人現場の目撃者だ。五歳の幼児の記憶も十分に信頼できると、確か昔、新聞で読んだ。安積を脅かして金を回収する役には十分に立つ。

そこで美保だが、こちらは、貸した金をすぐ回収した方がいいだろう。退職金どころか、こちらも「理光教団」が絡んで、しかも、あんなおかしな絡み方をするとなると。――ま、こちらは社長に話せばよかろう。

夕暮れが迫っていた。

空が闇色になる前に、おれは会社へ戻った。

二人を後に連れ、ドアを開けた途端、おれは棒立ちになった。背後で香と美保が息を呑むのが聞こえた。

社内には誰もいなかった。

まさか、服だけ残して、と床へ眼をやったとき、社長室の方から、

「堺か？」

社長の声が聞こえて、おれは緊張を解いた。床に服などなかった。

「そうです。――みんな、どうしました？」

「今日は早引けさせた。何か気になってな。まあいい。お客さんが待っているぞ。来い」

社長室のソファには、「理光教団」の制服を着た田久保クンが腰を下ろしていた。

社長は――例によって、その向こう、すりガラスの衝立《ついたて》の奥にデスクと顎髭《あごひげ》をはやした影が見える。

この会社に就職してから、おれは一度も彼の顔を見たことがない。他の社員もそうだ。

おれの顔を見るや、田久保クンはソファから立ち上がって「堺さあん」と抱きついてきた。

おれは邪険にソファへと突きとばし、

「うす気味の悪い真似するんじゃねえ。何しに来やがった!?」

と訊いた。

「僕――僕、あなたがいなくなってから、安積さんを追いかけて地下へ下りました。そこで見ちまったん

です。子供の——バラバラ死体を」

やはり、何も知らなかったか。

「安積の奴は、どうした？」

「また、召喚《しょうかん》の儀式を行うと言ってます」

「おまえ、それが怖くて逃げて来たのか？」

「そうなんです。あの人だけは、教祖さま以上に怖かった。教団内でも喧嘩《けんか》はありますす。あの人が間に入って、手で触れると、どんなにいきり立った連中でも、へなへなになってしまうんです。その他、未来を予言したり、自分の研究室で、おかしな実験をしてるって噂もありました。事務長からきいたんですが、『理光学園』の創始者は教祖さまじゃなくて、安積さんだそうなんです」

「新興宗教と陰の実力者か——笑わせやがる」

おれは言葉どおり、せせら笑ってやった。

「あなた方は——何をしようとしているの？」

と、おれの傍らで美保が訊いた。じろりとそっちを見て、田久保はそっぽを向いた。

頬がつぶれた。

おれの靴先がめりこんだのである。どうも、今日はおれらしくねえ。こういう青ビョータンは根っから気に入らねえのだろう。

「この人も、てめえのとこの被害者だ。まともに答えねえと承知しねえぞ」

「ク×××ー神の召喚だ」

すりガラスの向こうから、錆《さび》を含んだ声が言った。

「え？」

とおれは聞き返し、香が小さな悲鳴を上げた。

「なんスか、それ？　ク×××ー……」

おれは真似してみたが、うまくいかなかった。

「人間の声帯では決して発音できんよ。なんといっても〝神《ゴッド》〟なのだからな」

「社長――何でそんなことを？」

「昔のことだ」

「ま、何でもいいです。けど、〝神さま〟だか何だか知らねえが、おれはこのままじゃ引っこみませんよ。三億六千万――会社に迷惑をかけたくねえのもあるが、このおれに下手打たせた奴が、同じ空気を吸ってるってのが我慢できねえんです」

「私の家にもおかしなことが起こってます」

と美保が、香を抱きしめながら、父親と水道管の一件を話した。

「もうひとつの通り道だ」

と社長は答えた。

「ク×××ー神は、そう簡単に呼び出すことはできん。それができたら、地球もこの宇宙もとっくに破滅しているからな。そこで、最近、召喚者どもの考え出した手が、正式な召喚路とは別の、もうひとつの通り道をこしらえておくことだ。これなら、可能性はもう少し高くなる」

「それが、あの水道管なのですか？」

「そうだ。恐らく、管の先は、南緯四七度九分、西経一二六度四三分の海底に達しているはずだよ。ク××ーは、そこに巨大な遺跡とともに眠っている」

「神さまが、水道管からこんにちは、か、――いい加減にしてくださいよ、社長。悪ふざけが過ぎますぜ」

「残念ながら、まじめな話だよ、堺。――『理光学園』がうちに融資を申し込んできたのも、おまえが担当したのも、この女性《ひと》の父親が『理光教団』へ入団したのも、この女性がうちへやって来たのも、そして、ク×××ー神召喚が失敗し、怒りに触れた教団員たちが消滅させられたのも、みな、この私が仕向けたことなのだ」

おれは、あんぐりと口を開けて、社長の影を見つめた。他の三人も同じだろう。だが、多分おれだけは違う。

「まさか、頭のおかしな上司の下で働いているとは思わなかったですよ。社長、『理光』との一件を片づけたら、やめさせてもらいます」

「あなた……あなたは一体……誰なんです？」

美保の問いかけの相手が誰かは言うまでもあるまい。

「私は、随分と昔、ある古い館の地下で蘇《よみがえ》った。それ以来、ク×××ー神や、ヨグ・ソ×××ス復活を策す一派と戦いつづけてきた。ＣＤＷ金融の名前の由来が、まだわからんか、堺？」

「うるせえな、イカレ社長。てめえのごたくなんざ――」

ついに雇い主に牙を剥いた瞬間、背後のドアが凄《すさ》まじい音をたてて内側へ倒れてきた。

おれが見たものは、コブラが鎌首を持ち上げたみたいにそびえ立つ蛸の触手《しょくしゅ》であった。違うのは、全体が緑色で吸盤のひとつもないことだ。

「〝瞬間出現法〟なら、出来る。安積道士め、考えたな」

社長の声を合図と聞いたか、それは猛烈な勢いですりガラスの方へと突進してきた。

おれは間一髪で横へ跳び――触手とすりガラスの間には田久保クンがいた。

悲鳴も上がらなかった。

触手と田久保がふれあった瞬間、田久保の制服だけが、ぱさりと床に落ち、やつはいなくなった。同時に触手も猛烈な勢いで、後戻りをはじめ、あっという間に社長室の外へと消えてしまった。

誰ひとり、何が起こったのか口にする余裕はなかった。

おれの携帯が鳴っていたのである。

「おお」

普段の声が出た。おかしくなる余裕がないのだ。

約一分後、おれは、すぐに行くと言って、電話を切った。

「安積か？」

と社長が訊いてきた。

「ええ。手形の分、全部返済するから、その餓鬼を連れて今すぐ、本部へ来い。嫌なら、またク×××ーを送る、と」

「今のは裏切り者を始末するデモンストレーションだ。どうする、堺？」

「決まってますよ、社長」

おれは棒立ちになっている美保に近づき、香を引ったくった。

「やめて——何するの!?」

とすがりついてくるのをふり放し、

「この餓鬼が帰って来れなきゃおれも一緒さ。——絶対回収してきますぜ」

「それでこそ、堺だ。気張っていけ。それから、これはお守りだ」

すりガラスを越えて、放られた品をおれは片手で受け止めた。ガラス瓶である。中身は白い結晶——塩か？

おれは社長室を出て、ドアを閉めた。

「下手打つなよ」

社長の声が迫ってきた。おれはようやく満足した。やっと、まともになりやがったか、ボケ社長。

# 6

泣き叫ぶ香をこづき廻して大人しくさせ、教団本部の前にベンツを止めるど、闇が周りを固めた。

ドアをくぐるとすぐ、下へつづく階段の方から、

「下りて来い」

という声がやってきた。しゃらくせえ。安積は、階段を下りてすぐ右方の部屋で待っていた。広い。

壁に象嵌《ぞうがん》された、鉤爪《かぎづめ》の手足と翼らしきものをくっつけた胴体の上に、蛸みたいな頭部を乗せた像を見て、香がまた泣き出した。

「連れてきたな」

骨男はにやりと笑った。昼間より大分言葉がはっきりしている。ショックが薄れたか。

おれの眼は、二つ並んだ青い布に吸いついた。その上に人体が散乱している——と思ったら、人形だ。

「その子は久々に見つけた、召喚因子濃度の強い子供だ。ショックを与えると濃度はさらに強まる。本物そっくりに化けさせた人形を使って驚かせてみたのよ。月の動きからして再度の試みは、今日中に行う以外ない。昼は邪魔が入ったが、今度はしくじらん。奴の力は封じてある」

「奴てな、うちの社長のことか？」

「そうだ。この分では彼の正体を知らんな」

「知りたくもねえ」

「人の素は何だと思う？」

と安積は訳のわからねえ質問をした。答えもてめえでした。

「塩だ。

　獣類の本質をなす塩を抽出し、これを保存する時は、発明の才に恵まれし者なれば、この実験室内にノアの方舟《はこぶね》を貯えおき、好むがままに、獣の死灰を材料に、もとの形を復元し得るものである。哲人もまた同様の方法にて、人類の塵《ちり》の本質たる塩と遺骸《いがい》を焼きし灰を用い、死せる先人《せんじん》たちの生前の姿を、俗間《ぞっかん》行われる降神術などに依《よ》ることなく、呼びい出すことが可能である。

となｊ。ボレルスの著者の一節だ」

「それがどうした？　うちの社長が塩か灰から生まれたとでもいいたいのか、この手品使い。ぐたぐたぬかす暇があったら、手形を買い戻しやがれ」

「わかっているとも。金はそこに用意した」

　安積はかたわらのテーブルに乗ったスーツケースの蓋《ふた》を開けた。びっしりと詰まった札束を、安積をどかしてから、おれは数えはじめた。

　三億六千万円――ぴたりある。

「確かに――ほれ」

　と手形を奴の足下に放ったのは、数えはじめてから一時間もたってからであった。それに見向きもせず、安積は爪楊枝《つまようじ》みたいな指をのばして香を示した。

「金はその子供用だ。よこせ」

「いいとも」

とおれは、笑顔を見せてやった。

「――と言いたいところだが、駄目だねえ」

「なにィ？」

安積のミイラ顔に、どす黒い凶相が湧いた。

「この金は、貸した分を回収しただけだ。この餓鬼が必要なら、もう一回、借りるんだな。担保はもちろん、餓鬼自身で結構」

「き、貴様――その子供をだしにして……」

驚愕《きょうがく》に眼を吊り上げた安積へ、おれは歯を剥いてやった。

「おっと、金をよこせなんて言ってるんじゃねえぜ、陰の実力者さんよ。借りたらどうだ、と提案申し上げたんだ」

「貴様……神の怒りを受けろ。ここでしくじっても……まだ、手はある」

「どうするんだ、借りるか、やめとくか？　利率は二分ですよ」

「貴様ぁ」

安積は胸もとでおかしな印《いん》を結び、おかしな呪文を唱えはじめた。

フン――グ――イ――ムグ――フ――ク――ル――ル・ルイ――ウガ――ル――フタ――ン
おれにわかったのはそれだけだ。

突然、点っていた蝋燭が消え、闇が世界を包んだ。

手品だとわかっていても、気味が悪い。生臭《なまぐさ》い風が吹きつけ、闇の中で何かが動いた。

「偉大なるク×××ーの御力により、いま、おまえを消して、その子を手に入れる。覚悟しろ」

「うるせえや、莫迦野郎」

おれはひと声ののしり、ポケットから社長に貰《もら》ってきたガラス瓶を取り出した。

安積の立っているあたりの空間に、何やら動く気配があったが、気のせいに決まってる。

「ほら――好きな塩でも食らえ」

蓋を取って瓶ごと投げつけた。塩の粒でどうこうできるとは思っていない。瓶でKOしてやれと思ったのだ。

声は上がらなかった。

代わりに、苦痛としかいえない気配が全身に叩きつけられた。

安積ではない。別の何かだ。

「貴様――そうか、これは奴の一部だ。力持てる者――一一八号の瓶の中味だ。ああ、鎮魂《ちんこん》しがたき物を呼び醒ますなかれ。いかん、来るな――来るな」

びゅっ、と何か太いものが風を切る音。

「助けてくれ」

かろうじて、その一撃をよけたらしい安積の悲鳴が上がった。

「助けてやってもいいぜ。借りるか？」

「なんでもする——ここから出してくれ！　消えたくない」

「手形と実印はどこにある？」

「教祖の部屋の金庫の中だ。鍵はかかっていない」

「よっしゃ——出るぞ」

おれは香を抱きかかえ、ドアめがけて走った。

押し開いて、ふり向いた。

「こっち——」

闇の奥から両手をこちらにのばして駆けつける安積が見えた。

消えた。

何か太い蛇の足みたいなものが、ふわりと床に落ちる制服の背後から天井へ吸いこまれるように見えたが——気のせいに決まっている。

結局、損だけはしなかったわけだ。融資分は全額回収し、実印と手形というおまけまでついた。ただし、使えるかどうかはわからない。「理光学園」には警察の手が入り、保育園も本部ビルもすべて差し押さえられちまった。

この後どうなるかはわからない。

香は叔父夫婦のもとへは戻らず、美保が引き取ることになったらしい。どちらも、別れるまでひとこともおれと口をきかなかったし、連絡もよこさなかったから、これは風の噂だ。

風の噂はもうひとつあって、美保のアパートの部屋という部屋には、あの晩、緑色の何かが押し寄せ、あまりの悪臭に、住民全体が退去し、ついにアパートは取り壊されてしまった。美保は何千キロも離れた海の底から流れこんできたク××ー神の一部だと思っているだろうが、お笑い草だ。おかしな泥でも逆流したんだろう。

おれは「CDW金融」をやめることにした。

社長が云々ではなく、ひとりでやってみたくなったのだ。おかしな宗教団体専門にやれば、かなりおいしい商売ができそうだ。

幸い、事務所開きの日に、雇ってくれと新人がやってきた。もう若くはないが、この道三〇年のベテランだというし、おれとも気が合いそうだ。問題は、顎髭の形とその体つきが、前の社長の影とよく似てるように思えることだが、ま、気のせいだろう。

# 出づるもの

時計の針は静寂《せいじゃく》を命じていたが、村越中佐の周囲では人と電波の声が絶え間なく鼓膜《こまく》を乱打しつづけていた。

「第二ミサイル部隊発射準備完了」

「こちら、『火鳥』。只今、目標上空二〇メートル。異常なし」

「第一、第二レーダー、ともに変化なし」

「こちら、護送隊の宮本少尉、定時連絡です」

最後の声の告げる「異常なし」を聞きおえてから、村越は無言でテントを出た。頬を刺す冷気より、耳もとでごおっと唸《うな》る風の音の方がこたえた。

踵《きびす》を打ち鳴らし、捧げ銃の構えをとる入り口脇の兵士に軽く会釈《えしゃく》を返し、ドラム缶や木箱が黒々と立ち並ぶ道を、ジープの方へ向かって歩き出す。工兵部隊が張りめぐらせたコードのあちこちに吊るされた照明灯が、恰幅《かっぷく》のよい防寒コート姿の影を地上におとしている。

こんなに太っているのかな、と村越は歩きながら考えた。

専用ジープまであと五メートルというところで、早足《はやあし》の足音が追ってきた。村越は歩調を緩《ゆる》めなかった。振り向きもしない。

「困ります、中佐どの。会議の途中で――」

秘書官の剣《つるぎ》中尉だった。やや不満げな声に白い色がついている。

「探したか?」

低い声で村越は訊いた。九五キロの体躯《たいく》以上に貫禄《かんろく》のある声だ。

「はい」

「通信班のテントにいた。生の声を聞くには一番いい」

「はい」

剣の声からはもう不満の色が消えていた。秘書役を仰せつかってから三年。陸上自衛隊北海道第七師団七〇〇〇名を指揮するこの実力者の性格は、大よそ呑みこんでいた。まだ、一割くらい見当もつかない部分がある。剣にはそれが怖い――というよりも不気味だった。他の将官クラス相手の会議の席から中途退場したり、通信班のテントへ入り込んだりは、まだ理解できる範疇《はんちゅう》に属する。

「前線へ行く、一緒に来い」

村越の命令に、剣はようやく反発した。

「ですが、師団長自らお出掛けになるのは困ります。万が一の事態が生じた場合、適切な作戦行動に支障をきたす怖れがあります」

「大丈夫さ、副官どのは優秀だ」

言い終わるや、村越はジープの運転席にとび乗っていた。いつも鈍重《どんじゅう》そうなのは、いざというとき、他人の意表をつくためではないかと、剣は思っていた。無言で助手席に乗り込む。

少し離れた空地で、ドラム缶にぶち込んだ薪《まき》を燃やして暖《だん》をとっていた運転手が、大あわてで走り出す。ふたりとも見向きもしなかった。

風が砂を巻き、男たちの顔を叩きつけて去った。細かい粒のひとつひとつに緊張と殺気の音がやかましい。

「まるで異常はなしか——これで何もなかったら、誰がどう責任をとる気かな」

かたわらで、ごつい双眼鏡をおろしながら村越がつぶやいた。

剣は腕時計を見た。二三時四〇分七秒、八秒、九秒……零下二〇度を越す網走《あばしり》の原野でも正常に作動している。機械にまるで疎《うと》い剣には、今でもひとつの奇蹟だった。

「あと、二〇分ですな」

村越と剣の少し前に立つ兵士がつぶやいた。つい一分前まで、通せ通さぬで村越に一歩も譲らなかった男にしては、うかがいをたてるような調子がある。別に媚《こ》びているのではなかった。今夜は、誰の声もこうだろう。

剣は後方を振り返った。

闇そのものが結晶したかのような、黒い鋼《はがね》の城、その中央部から、凍《い》てついた大地とほぼ並行にのびた黒い円塔——一〇五ミリ戦車砲——の林。全道から招集し、それでも足りずに本州全域から空輸した四〇輌の七四式中戦車を、赤い国の諜報《ちょうほう》員が見たら、驚く前にまず、冗談かと失笑するだろう。

十二月初めの月は白く冴え、剣は戦車の列が構成する優雅なカーブを、最も遠い線まで見通すことができた。

こんな常識はずれの戦闘体型は漫画だけだろう、と剣は考え、今年七つになる長女に、いつも「コミックよ」と訂正されるのを憶《おも》い出して苦笑した。

四〇〇輌の大戦車軍団が、凹凸《おうとつ》といえば霜柱しか存在しない平坦な荒野に、直径五キロにわたる大円を描き、全砲身とレーザー測距器の狙いを、その中心に向けていると知れば、戦術の素人《しろうと》といえど、彼と同じ笑いを口の端に浮かべることだろう。

剣はため息をついた。

なんのために……これではまるで戦争だ。

三キロ後方に陣取った七五式一三〇ミリ自走ロケット・ランチャー一〇〇台、六七式三〇型地対地ミサイル五〇基、一五五ミリ自走砲九五台、一五五ミリ榴弾砲四〇基、高度五〇で旋回中の武装ヘリ、UH－1H一〇機、そして、後方に陣どる膨大《ぼうだい》な物質と兵員輸送車、何よりも、三〇〇〇人に及ぶ戦闘員たち……。

その、想像を絶する破壊力に及ぼうとした思考を、村越がさえぎった。

「あの女占い師、なんと言ったかな」

剣より早く、双眼鏡の兵士——遠野少尉が応じたのは、村越が剣の方ではなく、前方を見たまま尋ねたからだろう。

「飛鳥沙羅《あすかさら》であります。占いは西洋占星術」

「美人だったな――確か」

「はっ」

「今でも作戦本部に缶詰だろうが、あいつめ、自分の言ったことを本気で信じているのかな」

遠野がぎょっとした風に上官の石みたいな顔を見つめた。

「それでは、あの女――やはり中国の潜在工作員で……」

「わからん」村越は夜光塗料のついた腕時計を見ながら言った。「市ヶ谷のビッグ・コンピューターなら否と言うだろう。なにしろ、生まれてはじめて、意見の一致をみた人間さまだ」

「ですが……」と遠野は、まだ納得できない声音をふりしぼった。「いくら、コンピュのーターの予言、もとい、予測と彼女の言うことが細部まで符合したとはいえ、地面の底から……」

「気の早い男だな。あの番組を見なかったのか。確かに、日付と場所は精確だったが、地の底から硫黄《いおう》とともに逆とげの尾をもった巨人が出てくると言ったわけじゃない。あの女は、その地点に、何かが現われると言っただけだ」

その通りさ、と剣は、どことなく事態を楽しんでいるような口調の村越に、憎しみにも似た感情を込めながら胸の裡《うち》でつぶやいた。

すべてはその後に起こったのだ。

下劣な深夜バラエティー・ショーの専属占い師が、突如、眼を吊り上げて人類の危機を警告し、放送終了と同時に、TV局から市ヶ谷の自衛隊本部へ拉致《らち》された。薬と催眠術と電子機器を駆使した徹底的な尋問。

もしも、あの生放送が、コンピューターの予言とほんのひと言でも違っていたら、あの女の髪も、薬の副作用であれほどまばらに、あれほど白くならずに済んだかもしれない。疑惑を呼吸して生きている諜報課の連中が眼の色を変えたのも無理はない。

だが、そんなことがあるのだろうか。予言者の狂乱とまさに同時刻、超LSIの塊《かたまり》が、訊かれもしない情報を狂ったように磁気テープに打ち出し、しかも調査の結果、電源はOFFのままだったというような事態が。

「一〇分前です」

遠野少尉のくぐもった声が遠くで聞こえた。

一瞬、ヘリの音も絶えたような気がして、剣は頭をふった。大丈夫だ。少なくとも、生きている機械はある。

「照明弾を打ちあげろと言え」

遠野が、後方でハンドトーキーを抱《かか》えている兵士に命じた。間髪《かんはつ》を入れず、もっと後ろで車のタイヤがきしむ音が空気を震わせた。

「来たな」村越がうなずき、振り向いた。

剣は驚きもしなかった。この上官のスタンド・プレーには馴れ切っている。それでいて、不愉快な目の出たことはなかった。あまりにも脳細胞連結部《シナプス》の活動が迅速《じんそく》で、他人に説明するスピードに耐えられないのだろうと剣は思っていた。

すぐ、五人の男がやって来た。

正確にはひとり、と言うべきだろう。四人の兵士がやせた影の周囲を取り囲んでいる。脇から両腕をとられた異常さよりも、身につけた皮コートやズボンの不釣り合いぶりが、剣に疑惑《ぎわく》を抱かせた。年齢は四〇前後か、だが、この空《うつ》ろな表情は。――まさか！

日頃の冷静さも忘れて振り向いた有能な秘書官に、村越中佐は、揶揄《やゆ》するような微笑を浮かべた。

「その通り。死刑囚で、長い監禁生活のうちに精神が錯乱《さくらん》した男だ。安心せい。身寄りはひとりもいないし、後腐《あとくさ》れもない。」

「ですが、そのような囚人を――一体何のために⁉」

抗議などしても無駄と知りながら、剣は激しく訊いた。それは、自分の知っている解答を脳裡《のうり》に浮かべぬためであった。正しい解答を。

答えず、村越は男を連行した兵士たちの方へうなずいてみせた。

男たちは後方に消えた。すぐ、ジープのエンジン音が轟《とどろ》き、照明をはね返しながら遠ざかっていった。

「彼はどこへ？」

「それほど切れの悪い秘書官だったかな」

村越は小さな点となりつつあるジープを見送りながら言った。

「彼は任務を果たしにいったのだ。我々に劣らぬ、日本のための、いや、世界人類のための任務をな」

「しかし――本部は知っているのですか⁉　第一、囚人に果たせる任務とはどのようなものです⁉」

「薬漬けにされる前、あの女占い師は、おまえの知らないことをひとつ口に出したのだ。出てくるものは、つねに我々の内側にいる、と」

村越の声にはじめて激情が混じった。厚い唇《くちびる》から吐き出す息は白熱のように口のまわりを覆《おお》い、深い顎《あご》ひげに氷滴を結んだ。

「五分前です」

遠野少尉の声が沈黙を破った。

「どういう意味なんです、それは？」

「わからん。誰にもわからん。今でもわからん。占い師自身もそう言っていた。本当のことだと判明したのは、馬でもしゃべるくらい自白剤を投与した後だ」

剣は軽く頭を振った。考えをまとめるためであった。

「で、あなたは考えた。誰もの中に潜んでいるものが出てくるなら、指定された場所に誰かを置いておけば、それは、その人間の内側から現れるだろう、と。後は、出現時間寸前に、その人間を――出口を吹きとばしてしまえば済む……」

「もう着いた頃だな」と村越は荒野の果てに双眼鏡を向けて言った。「ほう、ジープが戻ってきた。死に物狂いだぞ」

頭上の高みから、ヘリの音が急速に近づいてきた。

あのヘリもミサイル装備だ、と剣は妙に索莫《さくばく》とした想いを抱きながら考えた。だが、それが何になるだろう。結局、中佐どのは正しかったのかもしれない。硫黄《いおう》とともに現われる大魔王には無力でも、人間ひとりを四散させるのに、この兵力は十分すぎる。だが、どうしても気になる。——おれたち全員の内側にいるものとは？　そいつが出てくるとき、おれたちは一体どうなるのだろう？

「モニターが来ました」

と遠野が告げ、ふたりは背後に運ばれた幅広いスクリーンを振り返った。

ノイズが揺れる画面の中央に、凍てついた大地と男の頭部が見えた。上空のヘリから映したものだ。ここからも照射されるサーチライトの筋が判別できる。

「あと三分。——攻撃用意」

遠野少尉の声に鋭さが加わった。

戦闘への期待が恐怖を消している。

——まてよ。

剣の胸が大きく鳴った。もう一度鳴る前に、それは大きく膨《ふく》れ上がった。

遠野も、隊員たちも振り向いた。

凄《すさ》まじい哄笑《こうしょう》が大地をゆすったのだ。

どっと声にならぬどよめきが巻き起こった。安堵《あんど》感が剣の衝撃を和《やわ》らげた。あの笑いにくらべて、なんと人間的な感情の吐露《とろ》だろう。

このとき、剣の脳裡が火花を発した。

「うろたえるな――モニターの音量をしぼれ。あの囚人が笑っているだけだ」

村越の鋼のような声がとんだ。

「あと二分」

「待って下さい」と剣は叫んだ。

「剣少尉、後方へ下がれ」

村越が背を向けたまま命じた。

「ちがいます。わかったのです」

「下がれ」

剣の両腕が脇から押さえられた。頑丈《がんじょう》な指が肉に食いこむ。身体が浮いた。

「生《い》け贄《にえ》は無駄です。あいつは笑っていた」

引きずられながら剣はあらん限りの声をふりしぼった。

「攻撃を中止して下がるんだ。できたらみなで漫画の本でも読め。落語をきいて笑え。馬鹿ばなしでもいい。――笑い声をきいてわかりました。奴は、私たちみんなが持っているもの――恐怖の中から来るんだ。中佐どの、生け贄は無駄です。いま、あいつだけは笑っている。怖がってない。中佐、村越中佐――あなただって――」

村越が振り向いた。その顔に困惑《こんわく》と、夜目《よめ》にも鮮《あざ》やかな恐怖の色が広がっていくのを、剣は憎悪に満ちた喜びとともに見た。

「ばかな――わたしは怖がってなどおらん」

何秒だ。あと――

「嘘だ。中佐。嘘だ。あの女は正しかったんですよ。最高の恐怖とは未知なるものの、我々には知り得ないものの恐怖だ。奴はその、ついに理解できない闇の深奥《しんおう》から来るんだ。私たちの精神《こころ》の中から、その手をのばして、ゆっくりと――」

「何を言う。我々は、そこにおらん」

「しかし――」

言い返そうとする剣の役を、遠野が引き受けた。

「中佐どの――ヘリから連絡です」

「――もう出たのか!?」

「いえ――まだ三〇秒あります。ですが連絡は――位置がちがうと」

剣の心臓は凍りついた。それは、村越の声をきいても溶けなかった。

「位置――？　どういうことだ、それは!?」

「こう言ってます――囚人は目標地点におらず、代わりにいつのまにか我々が――」

村越が、恐らく生涯最初の、そして最後の恐怖の相を浮かべて、剣の方を向いた。

剣はいなかった。

いつの間にか——全員の電子時計が定刻を告げた刹那《せつな》、秘書官の身体は音もなく頭頂から左右に分かれ、とびちる黒血と内臓を押しのけて、奇怪な蛇《へび》状の触手がうねくり出たのである。その付け根は、剣秘書官の胸部にあたる空間から出現していた。彼の恐怖する精神の肉体的具現から。

それを目撃したのは、村越の眼ではなかった。

血にまみれたコートと湯気《ゆげ》をたてる軟泥《なんでい》のようなものの上で、この世にはあり得ない——しかし、眼としか言いようのない血走った球体が、満足そうに周囲をねめつけていた。

ミサイルにも発射台にも、鋼と電子機器すべての表面に、いまやぬらぬらと濡れ光るものが蠢《うごめ》いていた。

ヘリが火を吹いた。落下する破片を尻目に空中からも異形《いぎょう》の印《しるし》が湧き出しはじめていた。

人影すべてが絶え、別世界のものの蹂躙《じゅうりん》にぶるぶるとわななく網走の原野に、ただひとり、恐怖を知らぬ男の哄笑が、いつ果てるともなくつづいていた。

# 切腹

魚島《うおじま》にある事件の検証に赴《おもむ》いた、代官所《だいかんどころ》の下役人《したやくにん》・前園軍平《まえぞのぐんぺい》と江崎幸之進《えざきこうのしん》が、ともに切腹《せっぷく》したという知らせは、二月の四日にもたらされた。二人が代官所の所在地たる陰洲摩村《いんすまむら》の海岸から波頭十里の孤島へ発《た》ったのは、九日前のことである。

仰天した代官所では、知らせを持ってきた陰洲摩村の村長《むらおさ》と魚島の漁師・朝吉を厳重に吟味《ぎんみ》したが、村長は責任上、彼を代官所へ同道しただけで、尋問《じんもん》は当然、朝吉《あさきち》ひとりに絞《しぼ》られた。

「ところが、まるで要領を得ん。どうも少し足りぬようでな」

と吟味役の榊良介《さかきりょうすけ》は、こめかみに人さし指を押しつけて、渋い顔をした。もとから苦虫《にがむし》を噛《か》みつぶしたようだと陰口をたたかれている顔が、もっと凄《すご》いありさまになって、探索方与力・泉平四郎《いずみへいしろう》は胸中、嘆息《たんそく》した。朝吉が代官所を訪れた翌日のことである。

「九日前の早朝に海岸を発った前園と江崎はその日のうちに魚島に着いた。そして、島へ渡ったやくざどもを捕縛《ほばく》に赴いた鮫島九蔵《さめじまきゅうぞう》、大村彦兵衛《おおむらひこべえ》、海葉壮輔《かいばそうすけ》、宮城原丈馬《みやぎはらじょうま》の死の謎を探るべく、あちこち聞いて廻ったらしい。死体が見つかったのは一昨々日《さきおととい》。どうするか島の長どもが雁首《がんくび》を並べ、何を聞いてもまともな返事のできん漁師を派遣《はけん》するのに二日もかかったわけだ。二人とも死の前日まで、元気でいたらしい」

自分の手で確証を掴《かく》まぬ限り、どのような信頼に足る人物の、これ以外にはないという証言も榊は「らしい」と表現する。

「二人の死体は、昨日の早暁に、住《すま》いとしてあてがわれていた漁師の家の中で発見されたらしい。並んで正座し、見事に腹を切っていたという。前日の夕暮れどきまで健在だった男二人を切腹させたものが、その夜の中に潜《ひそ》んでいた。泉と草刈《くさかり》――おまえたちの役目は、その正体《しょうたい》を暴《あば》くことだ。さすれば前の四人の切腹の理由も自《おの》ずから明らかになる」

都合六名の役人が日本海に浮かぶ孤島で腹を切った。その原因が簡単に究明できるなら、前園と江崎が成し遂げているはずだ。

泉はそんな異議を隠して、左隣りに着座した同じ探索方・草刈主水《もんど》へ眼をやった。

常日頃から無口と無表情を売り物にしている若侍《わかざむらい》は、今日も無言で上士を見つめていた。爪先《つまさき》がひどくかじかんでいるのに、平四郎は気づいた。貧乏藩は代官所といえども寒々しい。雪の舞い狂う厳寒の海と、それに囲まれた孤島へ乗り出していくことに、この若者はどんな考えを持っているのだろうかと考え、平四郎は不意におかしくなった。

顔に出たらしい。榊が不審《ふしん》そうに、

「何だな？」

と訊いた。

「いえ、何も」

「左様か、では、明朝発《た》て。島まで送る漁師は、すでに見つけてある。村長の家へ行って、源太と申す漁師を求めよ。島の者がよもや、おかしな考えを抱《いだ》いてはいまいが、かまえて油断は禁物じゃ。六名の横死《おうし》の謎を解くまでは、代官所の門を再びくぐれぬものと覚悟せい」

「承知つかまつりました」

声を合わせて平伏し、平四耶は、ふたたびこみ上げてきた笑いを噛み殺した。隣りの無色無臭ともいえる男が、自分と同じ嘆息を放っていてくれたらと考えたのである。


島までの航海は、これで今回の地獄が終わったのではないかと思えるくらい凄絶《せいぜつ》なものであった。

冬の海は灰色で、三人の乗った小船を弄《いら》うのが趣味であるかのように、目もくらむ高い波を届けて来た。

それは水で出来た絶壁であった。

二人を無事に送り届けたのは、源太の腕と言うしかない。平四郎にとっては驚くべきことに、草刈主水はいささかも船に酔ってはいないように見えた。

かろうじて狭い湾内に入った船が接岸するや、船頭よりも早く岸に跳び移り、船をもやう役を担ったほどである。相手が二三歳と七つも下なだけに、平四郎はまずいと思った。どこかで、年長者としての帳尻《ちょうじり》を合わせなければなるまいが、いま必要なのは、あたたかい空気と乾いた衣服だった。

源太を先頭に、二人は歩調を合わせて島長《しまおさ》の家へ向かった。こらえようと思っても、骨まで濡れそぼった身体は激しく震えた。歯も鳴った。かたわらの草刈を盗み見て、彼もがちがちやっているのを知り、平四郎は安堵した。

島長の佐兵衛《さへえ》は皺《しわ》と白髪を除けば、今でも荒波に挑みそうな身体つきと気迫を備えた大男だった。黒に近い肌は塩と陽に灼《や》けてなめし皮を思わせる。

奥の座敷で着替えを済ませた二人は、この島でよくぞと思えるくらい広荘《こうそう》な座敷に通された。

「御二人の御住いに別途に一軒家を用意してございますが、今夜はここにお泊まり下せえまし」

と廊下で平伏する島長を室内へ呼び、

「なぜ、朝吉を寄越《よこ》した?」

と泉は尋《たず》ねた。本来なら、島の最高責任者が報告に訪れるべき事態である。

「島中が、またかと動転しよりまして。みなを落ち着かせ、腹をお召しになった理由を探るのが、わしの役目と思ったからでごぜえます。ご遺体の処置もごぜえました」

佐兵衛の応答は泉にも察しがついていた。当然の処置である。彼が訊きたいのは別のことであった。なぜ、頭の弱い朝吉のような男を寄越したか?

「あれは、ここが弱え分、余計なことを考えねえ男でごぜえます。前園さまと江崎さまが腹を召された理由が、島のモンであった場合、誰をやっても逃げる怖れがごぜえますで」

これも至極《しごく》もっともな話である。

「しかし、朝吉は物の役には立たなかったぞ」

にらみつけると、佐兵衛は曖昧《あいまい》な笑みを浮かべて、

「そら、申し訳ごぜえません。そこまで足りねえとは思っておりませんで」

深々と頭を下げた。食えない親父だと泉は胸の裡《うち》に灼きつけた。

「——で、遺体は何処にある？」

「へえ、近くの小屋に」

先の四人は、前園と江崎が検分した上で、塩漬けにして漁師に代官所へ届けさせた。

「これから会えるか？」

「そらあ、もう。塩に漬けてごぜえますが」

いままで黙っていた草刈が、ぽつりと、

「死人には慣れておるか」

佐兵衛が彼の方へ眼をやっただけで返事をしなかったのは、質問ではなく、単なるつぶやきとしか聞こえなかったからだろう。ふた呼吸ほどの間を置いて、彼は、へえ、と言った。

小屋の外では風と海が鳴っていたが、桶型《おけがた》の棺《ひつぎ》に納められた二人の先達《せんだつ》の耳には届くはずもない。——そう考え、泉は羨《うらや》ましくなった。

灰色と黒の間を行き惑《まど》いながら、小屋の窓から入りこむ真昼の光は、力を失っていなかった。

佐兵衛と一緒に来た若い漁師が、二人して遺体を棺から出して莚《むしろ》の上に寝かせた。

島に医師はいないと佐兵衛から聞いている。

塩漬けでも、遺体には腐敗《ふはい》の兆候《ちょうこう》が現れていた。

二人で交互に調べた結果、死因は腹を切ったことに間違いはないようであった。他に傷はない。

頭皮から足の裏まで調べ抜き、草刈が結果を帳面に記《しる》した。

「これでよかろう――棺に戻せ」

と命じたとき、外がざわつきはじめた。佐兵衛が出て行き、すぐに戻って、

「お二人を見つけだした者が参りました」

と告げた。

男は門次《もんじ》という名の船大工《ふなだいく》だった。

「決して、浮かれていたのではごぜえません。前のお武家さま方が腹を召され、昨日来た新しいお武家さま方は、怖い顔して島中を歩き廻っていらっしゃる。もう薄気味悪くって。呑まずにはいられなかったので、へい」

彼は家を出て西の浜へ行こうと思った。一昨日《おととい》の晩、岩礁《がんしょう》の多い、しじゅう荒い波がうち寄せる場所である。村の家々とは石を重ねた堤防《ていぼう》で隔《へだ》てられている。その黒い流れが月光の下に見えはじめたとき、門次は、浜への昇降用に切ってある堤防の口から現れた人影に気がついた。

二人の武士であった。

月光のせいかひどく青白い横顔が眼に灼きついた。

二人は堤防に面して建っている家の一軒に入った。

村が用意したものである。

木戸が閉じてから、門次は少しためらい、それから家へ近づいた。二人の様子に何か切迫した、という

より只《ただ》ならぬ気配を感じたからである。

木戸の前まで来たとき、苦鳴が聞こえた。あまりはっきりしているので、思わず門次は周囲を見廻してしまった。

勿論《もちろん》、声は家の内部《なか》からしたのである。

腹をくくって、お武家さま、と呼んでみた。返事はない。苦鳴に変化もない。却《かえ》って高くなったようだ。

お許し下せえと声をかけ、門次は木戸を引き開けた。

すると、眼の前に二人が正座していたのである。

座敷には行燈《あんどん》が燃えていたが、土間《どま》を照らすほど強い光ではなく、門次は二人が薄闇の中で自分を待ち伏せしていたような気がして、その場に硬直した。

二人とも、上体は前屈《まえかが》みになっているため顔は見えなかった。切ったばかりの腹部には、闇より濃い色が広がっており、右手の小刀は右の脇腹近くで止まっていた。

「すると、前園も江崎も、その西の浜から戻ってすぐ、座敷へ上がる間も惜しんで、腹を切ったことになる」

平四郎は考えこんだ。考えれば、身の毛がよだってもおかしくはない光景であり状況でもあった。

二人とも良く知っている。決して肝《きも》の小さな男たちではない。それが——

「他に気がついたことはないか?」

詰問の口調になっていた。何かがおかしい。この島で六人の男が遭遇した出来事は、その背後に得体《えたい》の知れぬ闇を潜めていた。

「いえ――何も。腹を切っていらっしゃるのを見て、すぐに村の者を呼び集めましたので」

「そうではない。家へ入る前の二人の様子だ」

「いえ、さっき申し上げました以上のことは」

じっくりと門次の表情を伺ったが、嘘をついているとも思えなかった。

佐兵衛ともども彼を退出させ、

「どうだ？」

と草刈に訊いた。今までの問答《もんどう》と二つの死体から彼の出来具合を調べるつもりもあった。

「切腹の位置が高すぎます」

ぽつりと返って来た。得意そうでもない。平四郎はうなずいた。普通なら、へその下、一、二寸のところを切る。前園も江崎も二、三寸上――鳩尾《みぞおち》の真ん中あたりを掻《か》き切っていた。どんなに急《せ》いていたにせよ、二人揃って選ぶ場所とも思えない。

「もうひとつは――死にたくて仕方がなかったのですな。何とか家まで戻り、座敷へ上がりもせずに切っています」

「不遜《ふそん》な言い方をするな」

と平四郎は叱った。死にたい人間などいるはずがなかった。草刈は素直に、

「ご無礼を。ですが、他に考えようがありますかな？」

それには答えず、

「その夜、西の浜辺で、二人は切腹したくなるような事態に遭遇したのだ。それは何か？」

「泉さま」

と草刈が呼びかけた。

「それがしは噂でしか存じませぬが、事ここに到っては、はっきりと理解していたい一事がございます。――前園さま、江崎さまが検分に出向いたという前の四人――彼らが腹を切った理由《わけ》と、この島へ渡った目的でございます」

「切腹の理由はわからん。渡島の理由は、博徒どもの捕縛だ。沢口村で百姓を食いものにしていた博徒――浜長《はまおさ》の刀根吉《とねきち》という男の手下が、沢口村だけでは稼ぎが足らなくなって、魚島に目をつけた。魚山寺という寺の本堂を借りて賭場を開いたが、あまりに酷いいかさまを使うというので、島から代官所へ訴人が来たわけだ。そして、渡ってから八日目に、また別の訴人が来た。四人はやくざどもを斬り捨てたが、全員、腹を切った、とな。その男に問い質しても要領を得ず、前園氏《うじ》と江崎氏の出動となったのだ」

「すると、博徒どもの死体は？」

「先の四人が検死した上で埋めたと、彼らの遺体を届けに来た漁師のひとりが、前園氏の書状を携えておった。それによると、四人は北の岬の下に空いた洞窟の中で見つかったものらしい。今回と同じく、四人一列に正座して、な」

「今回と同じく、鳩尾を切り裂いて、でございましたな？」

四人の遺体を、草刈も見たらしい。平四郎も、そうだと認めるしかなかった。異様ともいえる場所を、六人は何故切り裂いたのか？

「浜と岬の洞窟――いずれも海に最も近いところですな」

と草刈が言った。何もわかっていない上司にそれとなく暗示しているような気がして、平四郎は不愉快になった。船酔いの後遺症がまだ残っている。気分がよろしくない。

「今日はここまでにしよう。夜の間に榊さまへ検分の結果をしたためる。遺体は明日、代官所へ届けさせよう」

「それがようございます」

草刈が、かじかんだ手に白い息を吹きかけながら同意した。窓の方を見て、

「雲行きも大分」

灰色の重そうな雲の広がりに合わせて、小屋の内外《うちそと》も蒼く翳《かげ》りはじめていた。

冬の日はたちまち暮れて、用意された火鉢ひとつでは、白く凍りつきそうな空気について行けそうになかったが、幸い海風と波しぶきを想定した漁師の家は至極頑丈《がんじょう》につくられており、炭火《すみび》は小半刻《こはんどき》（三〇分）で冷気を凌《しの》いだ。

夕暮れを味方につけた空は雨も雲も運ばなかったものの、風だけはその分凄く、金属音に似た音がひっきりなしに天井や壁を叩いた。

「海は荒れるであろうな」

平四郎は差し入れの焼酎《しょうちゅう》をひと口飲《や》ってから、耳を澄ませた。手酌《てじゃく》である。焼いた鯣《するめ》が肴《さかな》だった。食事は済んでいる。

「彼らはこんな島で一生を終わるのか。こんな空模様の日にも海へ出て?」

「子供の時分、魚島から出てきたという男と知り合いました」

と草刈は鯣をくちゃくちゃやっていた口を止めた。

「海と空しか見えぬ孤島での生活に耐え切れぬゆえ、半年ばかり前に島を出てきたと申しておりましたが、いざそうしてみると、何処へ行っても、海と空とが風を伴につきまとうとのことで」

「………」

「それも、穏やかな凪《なぎ》の海ではありません。今日のように境界も消失した灰色の海と空に、風ばかりが鳴っているそうで。どう足掻《あが》いても、自分はあの島からは逃れられないのだと、ひどく遠い目をしておりましたが」

「……その男はどうした?」

「島へ戻りました。拙者《せっしゃ》と話を交わしたその当日に」

「今でもおるのか?」

「戻る途中、海が荒れ、難破《なんぱ》したと聞きました」

平四郎の耳の奥で、海の音も鳴っていた。

「しかし、前園氏と江崎氏の検分帳がないとは驚いた」

彼は話を変えた。ここへ来る前に、二人の暮らしていた家へ行き、探しものをしたのである。荒らされた様子はないのに、最も肝心な品が見つからなかった。

「島の者か？」

「さて」

「草刈」

「は？」

「おぬし、何か知っているのではないのか？」

草刈の顔の変化を見逃すまいと、平四郎は眼を凝《こ》らした。なぜ、同僚を怪しんだのか、特に理由はない。この島と死に、かたわらの若侍が深い眼差《まなざ》しを注いでいるような気がしたのである。

その耳に聞こえた。

木戸を叩く音であった。

二人は土間を見た。少し間を置いて、また鳴った。誰かが外にいる。草刈が立ち上がり、大刀《たち》を手に、破れ障子《しょうじ》を開いて土間へ下りた。

木戸の前で足を止めたとき、また鳴った。

鯉口《こいくち》を切って、

「誰だ？」

と訊いた。

すぐ風に吹き流されたが、名前ははっきりと聞こえた。若い声である。

「安《やす》と申します」

「村のものか？」

「いえ。沢口村の浜長の身内で」

さすがに草刈は、平四郎の方を見た。平四郎はすぐに土間へ下りて、彼の隣りで聞き耳を立てた。

次にどう言っていいものか、二人で考えていると、

「先においでの四人のお武家さま方の、刀の錆《さび》になったひとりでございます」

顔を見合わさざるを得なかった。平四郎が怒声を放った。

「武士をたばかると許さぬぞ」

「滅相《めっそう》もない。なんで、わしらをお断りなすった四人さまと、その後のお二人が腹をお切りなすったか
――お知りになりたいんじゃございませんか？　それをお教えに来たんで」

声は少し笑ったようである。それが平四郎の怒りをあおり立てた。

「よかろう――では、話せ」

「それでは面白うございません。また、おしゃべりだけじゃあ、お信じになれませんでしょう。――あっしと一緒においで下さい」

一瞬で、平四郎は決心していた。よし、と言いかけたとき、

「ひとり行く」

と草刈が言った。

「それは――」

安の声はとまどった。平四郎も同じだった。とがめようとしたとき、草刈がこちらを見た。平四郎の怒気を鎮《しず》めるだけの迫力が眼にあった。

「まずは――拙者ひとりで」

と唇だけ動かしたような、嗄《しゃが》れ声で指示した。

「それでは、お役目が果たせん」

と平四郎はにらみつけたが、建前で出しただけの言い分なのはわかっていた。

「ここはおまかせを」

と草刈は静かに強く言った。

「拙者に考えがございます。泉さまがご納得いかないならば、今回のことは人魚の仕業《しわざ》だとお考え下さい」

「人魚？　おぬし――気でも触れたか？」

「かも知れませぬ。もしも、明日の朝までに拙者が戻らなければ、代官所へ人をやって人数をお呼びなさいませ。くれぐれも、おひとりで戻ってはなりません」

「草刈」

「ご免」

行くぞ、とひと声かけて、草刈は木戸を開いた。

吹きつけた冷気が、肌から骨へと滲《にじ》んでくるのを平四郎は感じた。

戸口の向こうに立っていたのは、着《き》流しの町人であった。月光が明るい。右手に提灯《ちょうちん》が燃えている。

風のせいで激しくゆらぎながら、内側《なか》の炎は不思議と消えなかった。

若いが荒《すさ》んだ眼つきが安と名乗った男の素性《すじょう》を明らかにしていた。はだけた胸に白いさらしが巻かれている。

「わしひとりだ。よいな？」

草刈が強く言うと、安は眼をそらして、仕様がねえ、と吐き捨て、そのまま二人を見ずに歩き出した。

西の浜の方である。平四郎は戸口で見守っていたが、ゆらめきつつ遠ざかる提灯の光と二人の姿が闇の奥に消えると、急に顔を打たれたような焦燥《しょうそう》に捉われた。

「待て――わしも行くぞ」

駆け出そうとしたその右肩を、背後から凄《すさ》まじい力が掴んだ。

悲鳴のあがる痛みなど大したことはない。泉平四郎は声もなく、その場に凍りついていた。指一本動かせないのである。

「静かにしてくだせえ」

白く霞《かす》んだ頭で、平四郎は愕然《がくぜん》となった。声は女のものであった。

「おいでなせ」

見えない女の金剛力《こんごうりき》が平四郎を動かしはじめた。

大の男が女の腕一本で運ばれていく屈辱《くつじょく》も、それと感じられぬほどの痛みであった。何処をどう通ったのかもわからぬまま、平四郎は一軒の家に入れられた。

肩の圧搾《あっさく》が失われた刹那《せつな》、彼はよろめいた。あてがわれた家と同じくらいの広さの土間であった。魚と塩の匂いが激しく鼻を突いた。それは何十年かの間に家に染みついた漁師の歴史だった。

平四郎はすでに、自分を子供扱いしたものの正体に気づいていた。

女は板戸に閂《かんぬき》をかけて、こちらを向いていた。

毛皮の肩掛けをまとった中年の女である。小柄でやや太り肉《じし》だ。

「おまえは――」

肩を揉みながら問いつめようとした眼の前で、

「声を出すでねえ」

女は窓に寄り、少し開いて、

「来てごらんなせ」

と手招きした。全身に漲《みなぎ》る緊張と肩の痛みが平四郎を従わせた。

横へのいた女の位置に立って糸のような隙間に眼を押しつけた。

通りの向こうに並ぶ家と家との間に、細い路地が見えた。月明かりのせいで、向こうまで抜けている。

そこを、すっと人影が横切った。もうひとつ。

「あれは?」

「五人行った。お武家さまの家へ」

顔のすぐ横でした女の声に、平四郎は内心の驚愕を抑えて、そちらを見た。

六〇近いと見たが、眼を凝らすと、もう少し若そうだ。座敷に点された蠟燭の光が何とか届いて、肌は黒光っている。

「わしを迎えにか？」

「捕まえにじゃ」

女の声は痰《たん》でもからんでいるように聞こえた。

「浜長のとこの博打《ばくち》打ちどもじゃ。お武家さまが行くのを拒んだから、連れに行ったんじゃ」

「奴らは、すでに処分されたはずだぞ」

「そうじゃ、でも、生きている。いいや、本当にそうかの」

この女は何を言っているのだ。

胸の裡《うち》が顔に出たのだろう。女はすうと両手を顔の前に上げた。開いた五指は掴みかかるみたいに鉤型《かぎがた》に曲がっている。だが平四郎を驚愕させたのは、五指の間に張られた薄い膜であった。この女、水掻きを持っているのか⁉　一歩も下がらず、平四郎は刀の鍔《つば》を指で押し上げた。

「あたしの力――わかったじゃろ？　あいつらも同じじゃ。しかも、死なぬ」

「死なん⁉」

「あたしは死ぬ。あいつらとは違う。この村で、魚を獲って死ぬ」

「――女、名は何という」

ようやく、平四郎は、この女が自分の味方らしいと思いはじめていた。

「お梶《かじ》と申します」

耳を澄ませば、穏やかで太い声である。嗄れ気味なのも、聞くものを落ち着かせるようだ。

「ひとり暮らしか？」

「へえ」

平四郎にもそれはわかっていた。座敷の方に人の気配はない。履《は》きものもお梶が履いている草履《ぞうり》だけだ。

「お梶――わしを奴らから救いに来たのか？」

「へえ。今夜あたり、行くと思いまして」

平四郎は、いかついとさえいえる顔を見つめたまま、

「聞きたいことがある。答えてくれるな？」

と訊いた。救われた、という思いが、口調をやさしくしていた。

お梶はうなずいた。

「――ですが、その前に、誤魔化《ごまか》さねぐでは」

お梶は、素早く身を翻《ひるがえ》して、土間の奥へ向かった。水甕《みずがめ》のそばに木の箱が重ねてある。一番上の箱に手をかけ、踏ん張りもせず持ち上げた。

戸口へ向かう足には、少しの乱れもない。眼の前を通りすぎるとき、平四郎は覗《のぞ》きこんでみた。魚の胴

が艶光《つやびか》っている。

戸口の前で、お梶は木箱を肩に乗せた。

誰が来るというのか。そして、箱を埋めた魚の意味は。

板戸が音をたてた。誰かが外から開けようとしている。心張《しんば》り棒《ぼう》が防いだ。衝撃が板戸を震わせた。体当たりをかませたのだ。

「先刻の奴らか」

路地の向こうをかすめた人影を想起しながら、平四郎は右手を柄《つか》にかけた。

いきなり、窓の板が叩かれた。敵は複数である。

お梶に、下がれと声をかけようとした。

「うるせえ」

自分に向けられた叫びかと思ったが、お梶は平四郎の方に見向きもせず、窓の方へ行くと横に開いた。

黒い男の顔が、そこにあった。

手がのびてきた。あわてた風もなく後ろに下がると、お梶は木箱から魚を一尾《び》掴み出して、その手に叩きつけた。

青光りする肌に指が食いこんだ。魚と手はたちまち窓の外へ消えた。

別の顔が覗いた。板戸への殴打《おうだ》が失くなったのを平四郎は感じた。奴らは窓辺に集まってきた。魚を貰うために。

新しい手は三本あった。

「あわてるな、この餓鬼ども。さんざか島の男衆を食いものにしといて、亭主も倅も失くした女の、なけなしの魚まで持っていくつもりかい」

お梶はそれでも一尾ずつ握らせて、手を消した。沈黙の中を立ち去っていく足音を平四郎は聞いた。

思考は完全に惑乱《わくらん》していた。自分と草刈を誘い出しに来て失敗したやくざ者の仲間が、その後で空家と化した家を襲った。自分はお梶という漁師の女房に金剛力で肩を掴まれ、その結果、難を逃れたものの、襲撃者たちは、そこも襲ってきて——しかし、一尾ずつ生魚を掴まされ、納得して引き上げた。

何から何までわからないことだらけだ。

平四郎は、やれやれとつぶやいて肩の箱をおろしたお梶を見つめた。

奇怪なやり方で襲撃者を撃退したものの、今度はこの女が襲いかかってくるのではないかという恐怖に捉われたのである
「お梶」

と彼は声をかけた。その前に、何とか右手を柄から離しておいた。

「——何もかも話してくれ。よいな？」

「いいとも」

お梶はうなずいた。

翌朝、平四郎が家に戻ると、すぐに草刈も帰ってきた。

遠慮なく、頭のてっぺんから爪先までねめ廻したが、おかしなところはなさそうであった。胸中まではわからない。

「ご無事で？」

と訊かれ、

「見てのとおりだ」

と平四郎は答えた。家の内部は荒らされていないが、座敷には黒土が残っていた。平四郎を求めた足痕《あしあと》にちがいない。

「来ましたか」

草刈はこう言って、右手で腹を押さえた。

「おぬしを連れていった奴の仲間であろう。何とかやり過した。おぬしの方はどうだ？」

「ご覧のとおり、変わりはございません」

「と言われても、な。あれから、どうした？」

「その件ですが、お連れしたい場所がございます」

「ほう。何処だな？」

「岬《みさき》の洞窟《どうくつ》で」

四人が切腹したところである。こいつ、憑《つ》かれたな、と思った。

「詳しい話を聞かせてもらおう」

「それは、拙者が何を申し上げるよりも、泉さまご自身の眼でご覧になられた方がよろしいかと存じます」

「それで、探索方が務まるか。草刈――覚悟せい」

だしぬけの抜き打ちであったが、草刈はよく受けた。予測していたに違いない。

二度、打ち合って草刈は外へ跳び出した。

少し追って、平四郎は足を止めた。草刈は自分を変えたもののところへ戻ったに違いない。ああなっては、他に行く場所もないだろう。

「両親と女房がいたな」

子供をこしらえていないのが、せめてもだと思った。

「しかし、なんと報告したものか」

家へ戻ろうとふり向いて、彼は戸口の前に、十六、七の娘が立っているのに気がついた。

島の者らしく、陽灼けした顔と手とを持っていたが、生活の厳しさがまだ露《あらわ》になっていない、子供っぽい顔立ちであった。

こわばった表情からして、短い追跡劇を目撃したらしい。

「何の用だな？」

刀身を収めてから、やさしく訊いた。

「あの——御飯の仕度《したく》を」

これだけ言うまで、少しの間があった。

「入ってくれ」

と彼は先に戸口をくぐり、怖る怖る入って来た娘に、

「いま見たこと、誰にも話してはならぬぞ。——村長にも、おまえの父母にも、だ」

と、怯えを誘う強い声でつけ加えた。


朝食を済ませ、加代と名乗った娘がそそくさと立ち去った後で、平四郎は村の南のはずれに向かった。

岬というほどではないが、指のように海へと突き出した一角で、堤防《ていぼう》の下、一間《けん》半ほどのところで、波が砕けている。
四、五間《けん》後ろに人声を聞いた。並べた板に烏賊《いか》を干しながらおしゃべりをしている女たちであった。
陽ざしは強い。

右方を見れば、狭い湾に小船が並び、その島影がゆるゆると彼方へのびている。平地は極めて少ない。海から生《は》えた岩の塊に、樹木を植えつけたようなものだ。一里四方もない島である。それでも、死ぬまでに島の全貌《ぜんぼう》を眼にする島民はまずいまい。

島を見物しても生きるのが楽になるわけじゃねえ——海鳥の巣だの、湧水だの、肝心なことはみんな親

に教わってる。それが役に立つ前に、男も女も海で死んじまうだよ。——昨夜のお梶の声が甦《よみがえ》った。

地面では生きられる島ではない。人は海へ出て行く。だが、海は人の生きる場所ではないのだ。水に溺れる限り、人は海で生きられるようにはできていない。

何年かに一度、死ぬはずのない状況で死ぬ島民が出る。過《あやま》って海に落ちたり、崖から足を滑らせたりではない。その背を押し、島の生活に別れを告げるのは、自らの意志である。

——人は生きるために生きるんじゃあねえ。それだけじゃ堪《たま》らねえ。けど、この島にいる限り、生きることしかできねえ。だから、島を出てく。女房や亭主や子供がいちゃあ遅いから、若いうちに出てく。

それでも、大概のものは戻ってくるとお梶は言った。潮と魚の匂いが染みついちまった者が、他所《よそ》へ行ったって鼻をつままれるだけだ。島の生活は何処までもついてくる。それは汚い汗みたいに毛穴から噴き出してくるんだ。だから、みんな帰ってくる。生きる場所がここしかないと知って。それでも、岬から、崖の上から身を躍らせる者がいる。

平四郎はふり向いた。作業の手を止めてこちらを見ていた女たちが、あわてて顔をそむけ、手を動かしはじめた。

そのうちのひとりを手招きして呼んだ。

女はためらったが、あきらめたように近づいてきた。両手を後ろに廻して、平四郎から一間ばかり手前で立ち止まった。匂いを気にしているらしい。

「この夏に、娘が飛びこんだらしいな」

と平四郎は海の方へ顎《あご》をしゃくって見せた。

「へぇ」

女の答えは曖昧であった。返事なのか、留保の呻きなのかもわからない。平四郎を警戒していることもあるが、投身自体に興味がないらしい。

「妙《たえ》という娘だったらしい。一度、島を出たが、ひと月もしないうちに戻って、大人しく暮らしていた。覚えているか？」

「へぇ」

「それが半年ほどたって、身を投げた。哀れだな」

答えを期待していたわけではない。だが、女は大きくうなずいた。浅黒い固い顔に浮かんだ表情が平四郎を受け入れたと告げている。

「仕方ねえだ」

ひどく嗄れた、老婆のような声であった。

「こんな島にいたら、いつ身を投げたくなっても仕方ねえだよ。お侍さまも、この島で暮らしてみればわかるだ。毎日毎日、そこに立って海と空だけ見てりゃあ、お妙ちゃんの気持もわかってくる。あたしらもおんなじだ。みいんな、お妙ちゃんより早くにわかってる。だから、あたしらは海も空も眺めやしねえだよ。この島だけが、あたしらの生きる場所だって、とことん教えこまれるからさ。そんなこと、わかってるのに、忘れようとしてるのに。――堪らねえ。。お妙ちゃんは、島を出る前も、戻ってからも、お侍さまと同じとこに突っ立って、じいっと海と空ばっかり眺めていただよ。みんな思ってた。いつか、やるんじゃねえかって――そうなっちまっただけだよ」

「死骸は見つかったか？」

女の、ややくどくなってきた感情の表出を、平四郎は断ち切った。

女は別の世界の人間になった眼で、

「いいや」

と答えた。

もうひとりいたな、という言葉を、平四郎は呑みこんだ。

あたしも身を投げた。いまの女とよく似た嗄れ声が耳の奥で鳴っていた。

誰も知らなかっただよ。そして、海から戻ったのも、誰も知りやしねえ。

女の言葉は、吐息《といき》と濡《ぬ》れた舌と一緒に、耳孔《じこう》にさし込まれたのだった。

女は笑った。海から戻っても、あたしは生きてるのか死んでるのかわからねえ。驚く平四郎へ、冷たいだろ、と海に呑まれてから、ずうっとわからねえまんまだよ、だから、良かったのさ。いつ、身を投げたって。

触ってごらんなせえませ、あたしの胸を。

そう言われて応じたときにはもう、女の正体が平四郎にはわかっていた。絡み合った足も、密着した肌も平四郎の背中に廻した手も、女は外の海のように冷たく、柔らかく重い乳房は、燃えることを知らぬもののように凍てついていた。

あたしは、ただ生きて返っただけじゃあないらしい。そういえば、海の中でひとりじゃなかったような気もする。

「おまえの家にも、生魚の用意があるか？」

平四郎の問いに、女は切りつけられたみたいな表情になった。

「もう、行ってもいいだかね？」

「よい」

解放された喜びを広い背に漲《みなぎ》らせて女が小走りに去ると、平四郎ももと来た方角へ歩き出した。

お梶に挨拶をしていこうかと思ったが、やめた。これから先に待つものは、他人の眼に触れさせてはならなかった。

道筋はお梶に聞いてある。

弱い風が冷気を肌に食いこませた。空の晴れていることだけが救いだった。

ときどき、村人に出会った。彼らは例外なく眼をそらし、頭を下げて通りすぎた。

人の棲む気配があった家々に代わって、人家とも倉庫ともつかない廃家《はいか》が多くなった。板は裂け、瓦《かわら》代わりの石は落ちて、その下の網だけが風にゆれている。村外れであった。ここを過ぎると、道は荒野を行く。

後ろから名を呼ばれた。足を止めてふり返ると、島長の佐兵衛が走り寄ってきた。丈夫そうだとは思っていたが、その辺の男たちよりずっと敏捷《びんしょう》で力強い動きを身体が許していた。

さすがに平四郎のそばで頭を下げたときは、息が荒かったが、ご免を蒙《こうむ》りますと言って、二度、短く鋭い息を吐くと、尋常に戻った。

「どうした?」

「いえ、泉さまのお住いの近くにいる村の長が、泉さまと草刈さまが斬り合っているのを見たと申しまして。——失礼ながら、草刈さまはどちらへ?」

飯の用意をしに来た娘が洩らしたのだろうと、平四郎は判断した。平四郎に何を言われても、目撃したことを聞かせろと命じられていたに違いない。この島で生きるには、十里の彼方から時折やってくる武士などより、村長の方が百倍も必要だ。

「用があってな、別の場所を調べておる」

佐兵衛は沈黙した。教えてもいいかと思った。

「北の岬の洞窟だ。四人の前々任者が腹を切った場所よ」

「………」

「わしもこれから出向く。謎を解く鍵はそこにありそうだからの。——島長どの、訊きたいことがあるのだがな」

「へ? 何なりと、どうぞ」

佐兵衛は厚い綿《わた》入れの前を押さえた。

石塊《いしくれ》は多いが、踏み固められた道は平坦といって良かった。

一刻ほどで海岸へ出た。道は前方で金砂に吸いこまれ、砂は彼方の碧《みどり》に呑まれている。

左手にもうひとすじ、枝分かれした道が岩場を昇って行き、その先が岬であった。

一度眼をやっただけで、平四郎は前進をつづけた。

砂浜はひどく狭かった。海との境界は岩が占めている。波しぶきがあちこちで上がった。満《み》ち潮《しお》の時刻が近い。

岩は岬の下まで黒々と広がっていた。

突き出した崖の表面に楕円《だえん》形の巨穴が口を開けている。

その中で、四人の武士たちは寂然《じゃくぜん》と割腹《かっぷく》を果たしたのであった。

「草刈はおるか」

平四郎は足場を確認しながら、穴の奥へと進んだ。

かなり深い。位置からいけば、岬へと昇る道との分岐《ぶんき》点に到達しているはずなのに、穴は黒々と待っている。出入り口の光はすでに届かない。

これほどの深さとは思わなかったので、蝋燭の用意はなかった。

戻るか、と思ったとき、奥に小さなかがやきが点った。

まさに蝋燭の炎だ。近づいてくる。待つほどもなく、それは小さな燭台を握った草刈と化した。

「いま頃来られるなら、私と同道なされればよかった。二重手間ではありませんか」

「そうもいかん――案内せい」

草刈はすぐに背を向けて歩き出した。後を追おうとして、足場が乱れ、平四郎は右足を少し離れたところに突いた。

水音がした。冷気が染みこんできた。潮が上がっている。

退路を断たれても、もとより、生きて戻るつもりはなかった。

平四郎は草刈の後を追つた。


洞窟の入り口から数えはじめた歩数が九四六に達したとき、前方に光が見えてきた。自然光である。冥《めい》界《かい》と通じているのかと思ったが、何処かで外界とつながっているらしい。

洞窟が急に広さを増し、それでも近づくにつれて、その内部のものは、すべて平四郎の視界に収まってきた。

突き当たりの岸壁と接する石の地面に、若い女が横たわっていた。

左右の岩塊の上に三人ずつ――服を着た町人がうつ伏せで、青白い顔を平四郎に向けている。

女の顔にさしたる特徴はなかった。平凡な、漁師の娘の顔だ。その胸の奥に燃えていた、死をもってしか消せぬ想いを、誰ひとり気がつかなかったのだ。

小柄な身体だけに、太腿や臀《でん》部《ぶ》の生々しい傷痕が、一層際立って眼を灼いた。

「妙か」

と草刈に訊いた。

「左様でございます。いまは眠っておりますが、潮が満ちれば眼を醒ますでしょう」

「そして、わしにその肉を食らわせるか」

妙の傷は単なる裂傷《れっしょう》ではなかった。鋭い刃物で肉を切り取った痕であった。

「おぬしなら知っておるな、比丘尼伝説とやらを。わしはよう知らなんだ。確か人魚の肉を食ろうて不死になった尼僧《にそう》の物語とかおおよそのところは島長に聞いておる。この近海にも人魚の伝説はあるそうだな」

「左様でございます」

「妙は人魚か？」

「いえ、魚になった女性でございます。この世のすべてに疲れ、疎外された女が海に身を投げたとき、ひとは魚に変じます。だからこそ、海に魚は絶えぬのです。しかしながら、ごく稀《まれ》に、人とも魚ともつかぬものに変化する場合がござる。人はそれを人魚と呼び慣わして参りました」

「ふうむ」

「ご覧のとおり、人と魚の混血となっても、姿形が魚に化けるとは限りませぬ。妙は人の姿のままでございます。しかしながら、その身体は――」

「人に非《あら》ず魚に非ず――不死のもの、という次第か、そこな破落戸《ならずもの》どもは、妙の肉を食ろうたな」

「彼らは、討手の四名に追われ、ここまで逃げのびました。四名はいずれも一騎当千の使い手。彼らにできることは、刀の錆になるだけでございました」

「死にたかなかったよお」

右の岩に這ったひとりが言った。身の毛もよだつような声である。

「だから、お妙さんに誘われるまま、その肉を食ったんだ」

と左側のひとりが言った。

「その後で、侍どもが来やがったが、みんなで押さえつけて、お妙さんの肉を食わしてやったよ。おれたちと同じ目に遭《あ》わせてやったんだ」

これは右の二人目だ。

「ところが、莫迦どもめ、拙者らは化物にはならんと、並んで腹を切りやがワた。胃の中味をぶち撒《ま》けちまったのさ」

と左の二人目。

「前園氏と江崎氏も、ここで肉を食らわされたのです。そして、彼らもまた、不死の身を潔しとはせず――」

二人の遺体の傷は、胃の上にあつた。

「それがしは、お二人の遺体を見て、ことの真相を見抜き申した」

草刈は冷ややかに告げた。声の裏に隠しようのない歓喜がわなないているのを、平四郎は見逃さなかった。

「不死の身体――索晴しいではありませぬか、泉さま。そこな博徒どもは正しく、前任の六名は間違っていた。生と死の意味で間違っていた。あなたはどうなさる?」

その声の終わるより早く、平四郎は走った。

草刈は抜き合わせようとしたが遅かった。不死への信頼と自信が柄にかける手を遅らせたのかも知れなかった。

その首すじに頸骨《けいこつ》まで断つ手応《てごた》えを感じつつ、平四郎は切り抜いた刀身をひっ下げ、妙の方を向いた。

怪異の元凶を突きとめ、斃《たお》すのが彼の仕事だった。

妙はいなかった。

流れ込む潮《うしお》は、横たわる女体へ達していたのだった。

次の行動を決定する前に、足下の水から出た白い手が平四郎の足を引いた。

さして深いとも見えぬ岩場なのに、彼は頭まで沈み、ひと呼吸もできずに黒い深淵《しんえん》へと吸いこまれた。

必死にもがきつつ、彼は足下を——自らを別の世界と境遇へ引きずりこまんとする人怪を見つめた。

それは、白い哀しげな顔をしていた。眼は細く丸い鼻の右の脇に、大きな黒子《ほくろ》があった。

死を得ようとして永劫《えいごう》の生を生きねばならぬ娘の悲哀《ひあい》が、平四郎の胸に沁《し》み通った。

それでも彼は一刀をふりかぶり、妙の手に斬りつけた。

海は空の蒼さを正確に映していた。泉平四郎は村外れの防波堤の端で、その両眼に海の色を湛《たた》えていた。

「船の用意ができたで」

背後で足音とお梶の声がした。

平四郎はふり向き、

「世話になった」

と言った。

五日前、気がつくと、お梶の家にいた。何があったのか彼女は訊かず、平四郎の問いに答えて、岬へワカメを採りに来たら、洞窟から平四郎が流れ出て来たと告げた。

もうひとりの人怪ならば、仲間の手から自分を救い出せただろうと思ったが、平四郎はただ、礼を言った。

他に誰か見なかったか、という問いに、

「そういやあ、沖の方へ、何かでかい頭をした魚が泳いでいったようだねえ」

とお梶は興味もなさそうに答えた。

お妙のことの一部始終を平四郎に譲り、彼女が島を出た先で、とある武士に子を孕《はら》ませられた挙句、強引に処分されてしまったと告げた昨夜と、同じ口調だった。自分と同じ目に遭わせてやる。お妙はこう念じながら、身を投げたのだろうか。

藩へ提出する書類をつくるのに要した五日間であった。

「行くよ」

お梶についで歩き出す前に、平四郎はもう一度、海の方をふり返った。
凪《な》いだ海原《うなばら》の彼方――空と海とが交わる地点に、小さな塊《かたまり》が幾つも見えた。人の顔だった。眼をしばたたくと、それらは跡形もなく、平四郎は、しかし、船に乗り込むのが、怖かった。

# 怪獣都市

Ｍ県の県庁所在地の次に大きな都市《まち》Ｄで、昔主演した映画が、地方映画祭の一アトラクションとしてかけられることになり、友紀子はそこから二〇キロほど離れた小さな空港へ降り立った。

冬のさなかの白い日である。

待ち構えていた初老の宣伝担当者の運転する車に揺られていると、プロペラ機の騒音と振動が、ようやく身体から遠のいて行った。

「マネージャーさんは付かないんですか？」

こういうことを方言丸出しで尋ねる担当者に、

「この年齢になると、煩《わずら》わしくてね。煙草《たばこ》よろしくて？」

「幾らでもどうぞ」

「あら、切らしたみたい」

と傷だらけのシガレット・ケースを閉じた。銀製だ。ところどころに金箔が貼りついている。四〇と三年前に買ったときは純金製というふれこみだった。ケースは今でもそう思っているだろう。

「これ喫《す》って下さい」

しわくちゃの紙箱の中身は同じくらいしわくちゃの紙巻きが数本だった。

一本咥《くわ》えてひと息吸い込み、煙を吐いてから、

「ここ、故郷に似てるわ」

と言った。

「へえ。これは驚いた」

「どうしてかしら？」

「失礼ながら、ずっとミラーでお顔を拝見しておりました。一度も外をご覧になってらっしゃいません」

「そうかしら。深い山とその間を流れる細い川。それだけで十分」

「そういうもんですか」

「湖あるかしら？」

「はい、小さなのが幾つか」

「洞窟は？」

「それも。かなり奥まで入らないといけませんが」

「そっくりだわ」

笑いすぎて、むせる。

「ごめんなさい」

老年《とし》だからといっても、見せては良くない側面があるくらいは心得ている。

担当者は喜んだ。

「いやあ、映画で観ると、今でもこう、きりりと品があって、良家の奥さま演れば他に人がいないと思っちまうんですが、こんなにも普通の方とは。いや、驚きです。」

友紀子は笑顔を崩さぬよう、シートに身を預け、喉の肉をつまんだ。皮に化けてしまったようだ。引いてみた。水みたいについて来る。垂《たる》み切っている。何もかも。

想像どおり、想像よりずっと小さな都市《まち》だった。

担当者は車中、幕末から明治にかけて、名のある志士の何人かが土地者《もの》であること、彼らの学んだ学舎や住居が残っていることなどを伝えたが、そんなことに関心が湧いたのは三〇年も昔だ。

映画祭の会場になる市民ホールには、さらに一〇年も時間を逆行した主演映画のポスターが五種類も貼られ、これが映画祭の目玉です、手に入れるのに苦労しましたと、三名の主催者たちが、代わる代わる訴え果てた頃、空気は蒼《あお》く煙《けむ》りはじめていた。

明日の昼近くからの上映前に迎えを頼むと告げてホールを出ると、車のそばに待機している担当者が、白い仮面《マスク》を差し出した。

先に付けた担当者の顔は、青い世界からやって来た異人のように見えた。

安っぽいプラスチックだが、二人分だけとは思えない。

「この都市では、日が落ちたらみな付けるんです。絶対に外してはいけません」

そんな習慣があるとは、聞いたことがない。耳にした知識と噂を探しても出てこなかった。

しかも、付けるだけならともかく、絶対に外してはならないときた。

友紀子は、下積み時代に出た一本を思い出した。とうに潰れた独立プロの怪獣映画であり、一作きりの端役である。これで注目され、主役に抜擢《ばってき》された二本目で、日本中の男の眼が全身に注がれるのだが、以後どんな媒体《ばいたい》にもこの処女作の題名を載せたことはない。

ここは何処なのだろうか。

それ以上、友紀子は訊かず、担当者も説明しなかった。

駅前のホテルへと向かう合間に出会った数少ない通行人の中にも、白い仮面が恥部《ちぶ》のように滲《にじ》んで見えた。

古風な外見のホテルへ戻った。市民ホールへ行く前にチェック・インは済ませてある。お帰りなさいませと仮面を付けたフロントが笑顔を見せた、に違いない。

外見に反して、部屋にはＰＣがセットされている。

この都市の情報にアクセスしてみたが、仮面の項目はなかった。

……最近の風俗？

知識の函は否定も肯定もしなかった。友紀子にわかったのは、夕食が関係者交えてのパーティ形式であり、一時間後に担当者が迎えに来るということだけだった。

椅子の上で思い切り両手を広げ、空気を吸いこんだ。

どーん

そして、部屋がゆれた。

どーん
足音に違いない、と思った。

どーん
近づいて来る。

不思議と恐怖は湧かなかった。

窓の方を向いた。カーテンが下りている。

耳を澄ませた。

都市の夜は、その隅々まで恐怖の波が打ち寄せているだろう。その潮《しお》の響きに交じわる人々の声が聞きたかった。

どーん
それきり、音は絶えた。夜の下には死都のような街並みが広がり、シャッターを下して、通りにふさわしい白い顔の人々が足音も立てず、ささやきもせずに往来《おうらい》しているのだった。

窓の外にいる。

顔が二つ浮かんだ。

父と母はこの都市に暮らしているのだ。通行人に紛れた白い仮面は、父と母ではなかったのか。

友紀子はテーブルから仮面を取り上げた。

どーん

遠ざかっていく。

あのとき、友紀子は四国の一離島に暮らす少女だった。

その島には、ある時期に限って怪獣が上陸する。外出して難を逃れた友紀子は、家ごとつぶされた家族の名を呼びながら、夜の中に立ちすくむのだった。

どーん

なんて遠い。

途絶えた、と確信してから、友紀子は窓を開けた。

通りを行く人々は、みな仮面を付けていた。

彼らが帰っていく生活を友紀子は想像できなかった。

仮面を取らずに風呂へ入り、晩酌《ばんしゃく》を楽しみ、夫婦の睦言よりも外の足音に耳をそば立てながら眠りにつく。

父と母。

友紀子は静かに納得した。

胸の中にひとつ空洞《くうどう》が開いていた。

テーブルの上に写真立てが置かれている。誰の仕業《しわざ》だと思った。自分だ。記憶にないだけだ。

両親が肩を組んでこちらに微笑みかけるなんて想像もしなかった。

どちらも八〇を過ぎているはずだ。正確な年齢は友紀子も知らずに来た。二人は言わなかったし、友紀子も訊かなかった。

二人はこの暗い空の下で朽《く》ち果てるしかない地方都市のどこかに住んでいるのだろうか。写真を手に持って眺めた。

何か足りないような気がした。わからぬまま、友紀子は仮面を外して机に置いた。

楽屋へ行くと、宣伝係のカードを付けた娘が満面の笑顔で、凄い入りですよと告げる。

映画祭は五年目になるけど、始まって以来です。

会場を覗《のぞ》いて、友紀子も納得した。

白髪と皺《しわ》と老人斑《はん》だらけの顔が会場を半ば埋めている。

友紀子自身がどんな役を演じたのかも記憶にない過去を思い出し、涙を流しに来たのだった。

上映前に友紀子は舞台挨拶に立った。

拍手が起こったが、意識の外へ追った。こんなところで過去と栄光とのミックスを味わいたくなかった。

出演作の思い出をとふられ、断片的な記憶をつなぎ合わせてしゃべった。別の映画のものかも知れないと思ったが、誰にもわかりはしない。

鶴《つる》のように痩《や》せた老人が手を上げ、あなたのような美しい人は見たことがなかったと言った。

それから、今もお美しいとつけ加えた。女優にとって最大の誉め言葉だと信じているのだった。現在《いま》の女優にとってはそうだ。

他にも何度か質疑応答を繰り返したが、すぐに忘れた。

担当者が現われ、そろそろお時間ですと告げたとき、今まで気がつかなかった若い——学生らしい客たちのひとりが、初出演作のことですが、と切り出した。

実は、あの映画がテレビでも放映されないのは、ラストの五分間が現存していないからなのです。どういうわけか、過去の映画特集でも滅多《めった》に取り上げられないし。あれは箝口令《かんこうれい》が敷かれているのですか？

私はそんな話聞いたことありませんと答えた。今、ああいう映画は、マニア向けの雑誌でよく特集されているようですが、それにも載っていませんか？

学生は、膝に乗せたＰＣのキイを叩いた。自分の知る限り、内容の紹介はあっても、ラストについては一度も書かれていません。当時、観た人は山ほどいるはずなのに、プロもアマもあの映画のラストについては口をつぐんでいるのです。紹介記事にもラストは現存しない、としかありません。だからＤＶＤ化もされないままです。教えて下さい。

お安い御用だと思った。記憶を探してぞっとした。何も浮かんでこない。あの怪獣は、どんな最期《さいご》を迎えたのだろうか。

ごめんなさい、やっぱり謎は謎のままの方がいいわ。そういう映画が一本あってもいいでしょ。笑顔でそう言うと、学生は不満げに顔をそむけた。

「いやあ、お呼びした甲斐《かい》がありました。みんな大満足でしたよ」

担当者は友紀子の手を握りしめた。

「それはそれは。でも、最後の若い方は気に入らなかったようね」

「それは仕方がありません。実際、あれは難しい映画なのです。今回もポスターはおろかスチル一枚見つかりませんでした」

会社の宣伝係に当たってみたが、そういう返事だったという。

「何か――処分されたという話を聞きました」

「理由はわからない？」

「はあ」

ここでも何かが欠けているのだった。


その後、都市《まち》でいちばんの料亭とやらで友紀子の歓送会と映画祭の成功祝いとが開かれ、少し遅れて市長が顔を見せた。

「いやあ、子供の時分から憧れてた方にお目にかかれて光栄です」

真っ赤な顔だ。本当なのだろう。

「ところで担当の者に聞きましたが、初出演作について質問されたそうですね。私、あれ見ておるんです」

「そうですか」

解けるのも一瞬かと思った。

「今ではエスエフエックスとかいうらしいですな。私らの時代は特撮でした。今の眼で見れば――倅などチャチだと笑います――確かに粗《あら》は目立ちますが、あの当時は、実に良く出来ていたと思います。あれが、はじめて東京湾の水中から、眼に見えないあいつがぬうっと出てくるところなんか、私、血が凍りましたです」

「そうですか」

いら立ちを声にこめようかと思ったが、やめておいた。この市長も善意の神経無しなのだ。

「それで、あのラストは――」

友紀子が眉を寄せたとき、幹事らしい男が立ち上がった。

右手に白い仮面を痔っている。

「では、みなさん、アルコールの力で我を忘れる前に、これを」

すでに付けている連中が、泥酔《でいすい》した連中を起こしたり、ポケットを探って被《かぶ》せてやっている。

「お付けになりませんか？」

別人になった市長が、心配そうに言った。

「あ、忘れたわ」

市長が幹事に告げて、すぐひとつ届いた。

仮面たちの夕食。その辺の小料理屋のものと変わらない。それに異を唱えるための仮面なのか。

友紀子は、仲居の後について廊下へ出た。別世界のように静まり返った通路の窓をのぞいた。二階である。下の通りが一望だ。窓の真ん前に、釜飯《かまめし》屋の巨大なネオンサインが瞬《またた》いていた。

この都市の人々はそれほど他を差別したいのだろうか。

「外さないように」

市長がささやいた。追いかけて来たらしい。

「外すと、とんでもないことになりますからな」

「市長さん、私の知らないことをご存じなのですね？」

「は？」

市長はとまどったように、仮面をかけ直したが、友紀子はもう信じなかった。

「さっき仰しゃってた映画のラスト——覚えてらしゃいますか？」

「え？」

「ラスト・シーン。誰も知らないラスト・シーン」

そうだ、覚えていないのではない。誰も知らないに違いない。

市長もやはり、眉をひそめ、記憶を辿《たど》っている様に見える。

「あれは——確か——」

市長は眼を閉じ、素早く開いた。その瞳の中で、友紀子は

「ご存じなの？」

と詰め寄った。

「確か——確か、あいつが街を蹂躙《じゅうりん》しているところへ——誰かが——」

「誰か？　誰ですか？」

部屋が揺れた。

都市が相槌《あいづち》を打った。

どーん

「ラスト・シーンは？」

友紀子は自分の声を聞いた。

「あれは——空から——」

市長の声に、窓からの響きが重なった。

「面白いところですのね、こちら」

市長は何も言わなかった。

ひょっとして、この男にも何もわかっていないのかも知れない、と思った。

足音の正体も。仮面の意味も。誰も彼もただ仮面をつけて、あいつが通り過ぎるのを待っているのかも知れない。

白い仮面が現れた。

「近いですよ」

担当者の声である。

どーん
確かにそうだ。足音の主は目的地を見出《みいだ》したのだろうか。

建物がゆれた。板と板のつなぎ目が悲鳴を上げた。天井の埃《ほこり》が舞ってくる。

「危《やば》くないですか？」

担当者の声に、市長は首を横にふった。

「大丈夫だ。じきにいなくなるよ」

詰まらない質問をした職員へ、だらけきったトップが向けたいつもどおりの返事であることに、友紀子は驚いた。

「戻りましょうや」

担当が二人を促《うなが》した。

二度ほど仮面の仲居とすれ違ったあと、洗面所に入った。

窓を開けた。

思いきり息を吐いた。

自分がいた。ひどく歪んでいる。すぐにわかった。

「眼だわ」

口に出して言った。

足音の主が、いま自分を見つめている。

仮面に手を当てて確かめた。

よく見てよ、あなたが捜しているのは、私？

友紀子は何度も消えた。まばたきだ。

いつの間にか、瞳の中の自分が微笑を浮かべていることに、友紀子は気がついた。

あのときも、あなたはこうやって私を見つめていなかったっけ？

手が自然に仮面へのびた。

急に友紀子はひとりになった。

どこかでサイレンが鳴っている。

それが、外のものを引きつけたに違いない。

どーん
明らかに遠くで鳴った。

どーん
去っていく。

あのサイレンの鳴る場所で、足音の主は近代兵器と一戦を交えるに違いない。

空の向こうの街路と家並み、その空できらめく放火のかがやきへ、友紀子は眼を凝《こ》らした。

少しして、ノックの音が名前を呼んだ。女性の広報担当だった。みなが待っているという。

案の定、戻ったときには誰ひとり嫌な顔もせず、歓声と拍手で迎えられた。

「市長さんは？」

担当に聞くと、

「戻られました。別の会にも出る予定があるそうで。いや、お目にかかれて光栄でしたと伝えてくれと、何度も繰り返しておられました」

「もう少し若いときに呼んで欲しかったわね。せめて、あと十年」

「何を仰しゃいます」

別の男がビールを注《そそ》ぎに来た。映画祭の下働きだと名乗った。友紀子の映画はテレビや名画座で何度も見た。こんなきれいな女性がこの世にいるのかと思った。嘘ではない証拠に表情がかがやいていた。市長もそうだった。

「何がお好き？」

作品のことである。男が上げたタイトルは、四〇年前の青春映画だった。

笑い返したつもりが、男はとまどいを隠さず、あれお嫌いですか？　と首を傾《かし》げた。

「そんなことありません」

「そうでしょう。あれで賞をお取りになったんです。共演も――」

少し卑《いや》しい眼つきになった男から、友紀子は眼をそらした。名声とやらの名残《なご》りを発揮できるのは、それくらいだ。

あのときの共演者は、それから二年くらい噂の恋人だった。友紀子はあらゆる機会を捉えて否定し、共演者は言葉を濁《にご》した。どちらも常に笑顔だった。

男が賞の名前を口にした。

あのときの撮影現場を思い出しただけで、なんだか身震いし、叫びたくなった。試写会場を、気分が悪いからと抜け出してから、一度も見ていない。授賞式を欠席したいと夜も寝ずに思いつめた。式の写真は今も事あるごとに「天使の笑顔」としてマスコミに取り上げられる。

「ねえあなた、私の初出演作ご覧になった？」

男は驚きの表情を浮かべ、難しい顔になってから、少し筋肉をゆるめて、いいえ、と首をふった。

「あれが、いちばん好きよ」

「そうですか」

男は憮然《ぶぜん》たる面持ちで退散した。

並んでいたんじゃないかと思うほどの速さで、別の男がビール瓶を向けて来た。

「作品、たくさん見ました」

固い声である。友紀子が返したら、この場で石になりそうだ。

「私のを？」

「勿論です。他のも。あなたのは高校の映画同好会に入ってる頃に。いちばん好きなのは――」

そのタイトルを聞いてから、

「私のじゃないわね」

「え？」

「違うもの」

「いえ、そんな筈ないです」

男は製作年代を告げて、あなたの九本目の主演作ですよと自信たっぷりにうなずいた。友紀子は別の会社で活躍していた少女歌手の名前を告げた。

「その人の主演作よ」

男は、違いますよと言い張った。

「映画の感想をノートに取ってる？」

「そんなことをする必要はありません。どの映画のシーンも余さずに記憶しています」

「なら、『霧雨の慕情』の主演は誰よ？　観てるわよね？」

男は少し考え、これも友紀子と同世代の、ある男優の名前を口にした。

「残念でした。そんな映画ないわ」

少ししてやって来た担当者が、気が狂ったみたいになってとび出して行きましたよ、と愛想笑いを浮かべた。

「あらそう。正解だったのにね。ああいう人ばっかりだと楽しいのに」

ふと思いついて、

「ねえ、この都市は焼けなかったの？」

「その点は大丈夫でした。B29もこんな山の中の都市《まち》までは目につかなかったようです」

「あらそう、あなたは映画そのものね」

「ありがとうございます」

「映画は永遠にそこにあるわ。あなたも同じ」

「よくわかりませんが、ありがとうございます」

深々と頭を垂《た》れる担当者に、友紀子はやっと、悪いことをしたような気分になった。


帰宅した翌日に、処女作の共演者と連絡を取った。相手は二人の家の中間にある繁華街のレストランを指定した。

夕食を約束し、次のナンバーをプッシュすると、呼出し音が出た。

「あ、母さん？　元気？　父さんも？」

大丈夫よ、と母はまとめて、何年ぶりかしらと訊いてきた。

そんなに知らん顔をして来たのかと、友紀子は自責に打たれた。

「母さん、いまどこにいるの？」

「おかしなことを言うわねえ」

呆れた口調が友紀子を安堵《あんど》させ、続く住所が、やはりそうかと納得させた。

「昨日まで、そこにいたのよ。いつ越したの？」

「二〇年も前からここよ。父さんが気に入っちゃって」

頭を軽く打たれたような気がした。

そうだった。ちゃんと聞いていたじゃないの。

「ねえ、母さん。そこでは夜になると、みんな白い仮面を付けて通りを歩くの？」

返事はない。

してはならない質問だったのだ。或いは父と母はあの足音に気づいていないのかも知れない。

「夜、外へ出ることはあるの？」

「ないね」

「どこに住んでいるの？」

「都市の外れよ。静かな住宅地」

足音の主もそこまでは気づかないのだろう。

ふと、両親もあの映画を観ているかも知れないと思ったが、そこまでで友紀子は電話を切った。

レストランへはサングラスも無しで入った。

誰も気づかない。

ウェイターが水を注いですぐ、共演者が現われた。サングラスをかけている。

挨拶もそこそこに、

「ユキちゃん、これかけないの？」

と眼のあたりを指さした。

「かけたら却ってバレるわ」

「そういうもんかな」

友紀子より七つ上の共演者は、最近までテレビ放映されていた旅行会社のＣＭで「復活」を遂げていた。

テレビから幾つか声がかかっているとも聞く。

注文をすると、ウェイターと入れ替わりのように、店長がやって来た。

共演者の方に深々と頭を下げ、共演者の名を口にしてから、

「本日は当レストランをご利用いただき、ありがとうございます。光栄です」

と言った。

「君、こちら、わかる？」

共演者は友紀子のほうを見て店長に訊いた。

「あーいえ、その」

共演者が紹介すると、店長は眼を丸くした。本当に驚いていると知り、友紀子は少し気分が晴れた。

「困った奴だ。一世を風靡《ふうび》した女優の名を知らないようでは、客商売のトップとはいえん」

「ねえ、まだ怨《うら》んでる？」

「え？」

「あたしがプロポーズを断わったこと」

「おい、もう――」

「怨んでなきゃ、忘れられた女優を紹介なんかしないでよ。ああ、傷ついた」

「いや、そんなつもりじゃ」

「はいはい」

共演者に悪意がないとわかって、友紀子は矛《ほこ》を納めることにした。当時はさんざん嫌味《いやみ》を言われたものだ。無関係な関係を意味ありげにマスコミが書きまくったのは、共演者のリークがもとだと誰もが知っていた。一応、成長はしたらしい。

「訊きたいことって、何だい？」

「あなたとはじめて共演した映画のこと」

共演者は呆気《あっけ》にとられ、少し口を開けていた。

「はあはあ。あれね。今でも大分話題になってるらしいね。うちにも特撮ファンから手紙で問い合わせがあるよ」

誰もが謎を解こうとしているのだ。

「で、どう答えてるの？」

「いや。それが」と共演者は白髪頭《しらがあたま》を叩いた。

「どうしても思い出せないんだ。おれも、ずうっとあんたに訊こうかなと思っていたんだよ」

「他にもいるでしょ、スタッフで付き合ってる人？」

「おい、何年前の映画だと思ってる？　おれたちよりずっと若い連中が先に逝《い》っても、少しもおかしくないんだぜ」

監督・脚本・カメラ・録音・編集・記録――みな故人《こじん》か行方《ゆくえ》知れずという。

注文した料理が次々に到着した。

「何がおかしい？」

眉をひそめる共演者に、昔の面影を認めて、

「誤解よ。おかしいんじゃなくて、嬉しいの。こんな、隣の家のご主人が浮気してるって一両日のうちにバレてしまいそうな世の中で、一本の映画が謎のままひっそりと眠っているなんて、素晴らしいことだと思わない？」

そして、小さな地方都市の夜を、眼に見えない巨大なものの足音が席捲《せっけん》し、人々は仮面をつけて音もなく逃げ廻る。

だが、友紀子がいま言わなくてはならないのは、それとは無縁のことだった。

「あの映画の中で、街が壊滅《かいめつ》状態に陥ってから、世界中から援助物資が届くじゃない。思い出しちゃった」

「――よく覚えているなあ。おれなんか、すっかり忘れて了《しま》ったよ」

なら、ラストがどうとかなんて気にしなさんな。

仔牛《こうし》のステーキを口に運んでから、

「あの頃はおれも駆け出しで、こんなもの毎日食える時代が来るなんて想像もできなかったもんなあ。」

「でも、あれ当たったわよね」

「ああ、会社始まって以来の大ヒットだった。今でもベスト5に入ってるはずだよ」

「あなたもあれで売れたしね」

今でもハンサムな顔が少し歪《ゆが》んだ。

「そうだな。おかげで、この年齢《とし》になっても声がかかって来る。大概は特撮ものの思い出話だけど、CMにも出られたしな」

炎の街を逃げまどいながら、共演者の手にした消火器を前方のカメラに突き出して、危機一髪のときは、これをと、商品名を連呼するのだった。

「良かったわね」

「ああいうのに出ると、そっちの方で忘れられないんだ。代わりに一生取り憑《つ》かれるけどな。あんたなんかいちばん楽しそうだったのに、真っ先に別の方へスライドできた。羨《うらや》ましかったなあ。恋愛もの、時代もの——文芸作品で名を売っちまったものなあ」

あなた、夜の闇に響く足音を聞いたことがある？　白い仮面をつけてそれから逃れる人たちを観たことがあるの？

「そうなっちゃ、いけなかったのかもね」

「え？」

あれは、ひとりの女優の卵が、自分から離れていくのを許せなかったのだろうか。

「結局、私も戻っていくのかしら」

「え？」

「——何でもない。私、家族のこと話したことあったっけ？」

「ああ。ご両親がいたね。まだ健在なのか？」

「なんとかね。他に知らない？」

「他にって？　あんたの家族だろ？」

さすがに、共演者の眼つきがおかしくなった。

家族関係が複雑でね、と友紀子は弁解した。

「だから、もう忘れてしまった従兄《いとこ》なんかがいるんじゃないかって」

続く言葉を友紀子は呑みこんだ。

とても哀しい気持ちになるの。死ぬほどね。

共演者は、たっぷりと時間をかけて、

「いや、ご両親のことしか言わなかったよ」

朝の光の下に、映画の歴史が横たわっていた。

個室のベッドからゆっくり起き上がるパジャマの上を、上掛けの波が滑り、背中の見えない装甲板が青白い光を放つ。弱々しい笑みを浮かべつつ友紀子を向いた皺深い顔は、もはや光学合成《こうがく》の炎を吐くことも忘れている。

「よお――まさか生きてるうちに会えるとは思わなかったよ」

のばしてきた手を、友紀子は小走りに掴んだ。

男は微笑した。骨と皮に化けても、その骨格は過去の栄光と歴史を物語って余りある。

「あれは不滅だが、おれはじきにおしまいだ。『完』のマークもつかずにね」

「あの頃は『終』よ」

「そうだった。今みたいにスタッフ全員の名前が映画の余韻《よいん》をぶち壊すように蜿々《えんえん》と現われることもなかった。みんなそれで十分だったんだ。ひとりひとりの役割か。そんなもの自分が覚えてりゃいいんだ」

「はいはい」

「おまけに、そんなもの見たくもないくせに、今は最後まで席を立たないときてる。礼儀なんだとよ。偽《ぎ》善《ぜん》もいいところだ。」

「踏みつぶしたくなるの？」

「ああ。あれになれたらいいと思うよ。映画みたいにね」

「息子さんは跡を継ぐんじゃないの？」

「ダメだったね。倅ってのは父親の商売を継がないものさ」

「ジェット機をレーザーで撃墜《げきつい》し、ミサイルを食っても平気の平左《へいざ》なのに？」

「映画だぜ、おユキ、夢物語だよ」

「そうね」

いや。今もその夢物語に脅《おびや》かされている都市《まち》がある。あの映画では、ビルを壊され、戦車が焼かれ、橋がひっくり返されただけだけど、今はみな生命の危険にさらされ、白い仮面で防いでいる。

こちらを見る眼差《まなざ》しが、急に生気を取り戻した。

「この頃、昔の夢をよく見るよ」

「へえ」

友紀子はさり気なく身を乗り出した。古い付き合いでも、女優の癖が出てしまう。

「おれがあれになって、国中の大都市を踏みつぶして歩くんだ。いい気分だねえ」

「T……O……A……K……N……随分と廻ったものね」

小さな期待が胸の中でざわめいた。友紀子は黙って、病み衰《おとろ》えたたくましい男を見つめた。

「ところがな、ひとつだけ記憶にねえ都市があるんだよ。夢の中で時計台を押し倒し、繁華街《はんかがい》を踏みつぶし、逃げまどう連中に火炎を浴びせながら、おれは、ここは違うぞ、こんなところに行ったこともないぞ、と首をひねってた」

その時計台って、どんな形？　繁華街ってどんな風？

「地方都市だからな、ちっぽけなオモチャみたいな代物だった。軽く蹴っただけで、真っぷたつになった。繁華街はどこにでもある狭い一角だった。そうだな、でっかい釜飯屋のネオンサインが目立った」

あれの新作は、そこでロケをする予定だったのか。それとも、誰ひとり、そこでのロケを覚えていないのか。

友紀子は都布《まち》の名前を伝えた。

「D？　そうだったかな？　覚えてないな。T――じゃなかったかい？」

「あの映画のラスト――覚えてる？」

「勿論《もちろん》だ」

病人は眼を細めて記憶を辿った。

身の裡《うち》が震えるのを、友紀子は必死にこらえた。

思ったよりもずっと早く、病人は眼を開いた。

済まなそうに、

「ごめん、おユキ――そこだけ覚えてないや」

溜《た》め息をついたとき、病人の夫人らしい女が戻って来た。失礼いたしましたと挨拶し、友紀子は部屋を出た。ドアを閉める寸前、あの女どこかで見たわ、という女の声が追って来た。

カーテンの向こうに月が出ている。

あの都市のあのホテルだった。

友紀子はベッドに横たわり、あの写真立てを眼の上にかざしていた。

仮面は付けていない。

窓ガラスを通して、車の流れる音と人々のざわめきがやって来る。

足りないのよ、お二人さん、と友紀子は呼びかけた。

「何かが足りないの。それを知るために私は戻って来たの」

言い終える前から、友紀子は足音を聞いていた。

どーん
耳をすました。

車の音は焦《あせ》りも乱れもしない。ざわめき？　申し合わせたように、そのままだ。

友紀子は机のほうを見た。仮面が乗っている。破滅を防ぐための強制処置を、ひとりだけ破ったらどうなるか。

どーん
足音は数間の隔《へだた》りを置いて鳴った。

もう一度。

ビルがゆれた。

友紀子は窓へと寄った。

先に通りを見た。

ああ、逃げまどっている。

素面《すっぴん》の人々が、狂気の逃亡をはかっている。

その頭上にコンクリートの塊《かたまり》が雪崩《なだれ》のように美しく降りかかる。次々に起きる悲鳴は大ホールの交響のようだ。

これよ、と友紀子は叫びたかった。

これよ。私が安全のための規則を破ってしまった。ラストシーンを思い出すには、これしかなかったのよ。

不意に窓外《そうがい》の風景が変わった。

窓の上から身を屈《かが》めて覗いていたに違いない眼に見えないものへ、友紀子は昨日の病人の名を呼んだ。

ねえ、入っているのは、あなた？

眼の隅に天井が落ちて来た。

怖くはなかった。

こうなった以上、ラストまで突っ走らなければならない。

友紀子が女優として現在《いま》も記憶されているただ一本の映画のラストまで。

電話が鳴った。

受話器を耳に当てるとすぐ、共演者の興奮した声が鼓膜《こまく》をゆすった。

「今、急に思い出した、あの映画のラストはな」

ＣＭ頑張ってと伝えて、友紀子は受話器を置いた。

また鳴った。

今度は病人だった。やはり、ラストを思い出したという。

「もういいの」

電話を切ったとき、窓のずっと奥から飛行音が聞こえた。プロペラ機だ。

「私も思い出したわ」

月の中から地球を救うべく現われたかのように、銀盤を背景に突進してくる姿は、自作の飛行体に乗った少年だった。

ヒーローらしい付属品――白い仮面に手をやり、地上の人々に笑顔を向けると、少年と小さな翼付きのメカニズムは、その底部についた特殊ミサイルであれを倒すべく、大きく右へ旋回《せんかい》した。

窓に背を向ける寸前、友紀子と眼があった、
友紀子はその名を呼んだ。

何もかも思い出した。

ラストを飾るべく出撃したヒーローの名前を、何度も口に乗せた。

それから、手にした写真を見つめた。

父と母――その前で、こちらにＶサインを作っている少年。

あの映画《しゃしん》の内容を聞いて、どうしても出たい、出たいと小児癌《しょうにがん》のベッドで涙を流していた――弟だ。

賭博場の紳士

その男が入って来たとき、円卓《テーブル》を囲んでいたメンバーは、みな一様に眉をひそめた。

この賭博場《カジノ》が創設されてから、この円卓を囲むメンバーは四人。鉄の掟《ルール》だ。

第一どうやって扉《ドア》を開けた？　施錠《せじょう》は確かめたのだ。

「ちょっと、お客さん——」

声をかけるのに合わせたみたいに内線コールが鳴った。

驚いた。支配人からじゃなく、オーナー直々《じきじき》だった。さらに驚いた。その客の好きにさせろと来た。

客たちはもう、五〇がらみの美髯《びぜん》をたくわえた新人の方を見ようとしなかった。

彼らの注目を浴びたメンバーのひとりは、自力では立つことも出来そうにない太った女であった。

「あら、読めないわ」

と言った。

全員が凍りつく音がした。

「誰だ？　あんたは？」

ひどく痩せた男が訊いた。

侵入者は一同を見廻し、

「日本で金融業を営んでいる〝社長〟と申します。今回、お仲間に加えさせていただきます」

丁寧な物言いの中に反論を許さぬ響きがあった。

驚くことばかりだ。四人組がその響きに屈してしまったのだ。

太った女は世界に散らばる大企業の筆頭株主だ。占いに凝っていて、金融業界の未来からこのカジノのトイレの損傷部分までをまくしたてる。それが適中するというから面白い。さっき読めないと言ったのは、〝社長〟の正体を読み取ろうとしたのだろう。読めないのはいいが、それで凍りつくことはあるまい。ただの口からの出まかせに決まっている。占いと言いながら、この女が水晶玉や筮竹《ぜいちく》等の道具を使うのを見たことはない。

「何て会社よ？」

浅黒い東洋人の女が、コーヒー・カップを置いてから訊いた。こちらも世界的規模の牧畜業者だという。ちなみに、痩せた男の情婦《いろ》だと思う。美女だ。

「CDW金融と申します」

「へえ。何の略かしら？」

「お教えするほどのものではありません」

髭の男は笑った。惚れ惚れした。なんて魅力的な笑顔だ。東洋美女がそれ以上尋ねなかったのは、このせいだろう。代わりは最後のひとり——ハンカチで額の汗を拭いている若い男が務めた。

「オーナーがいいと言っても、おれたちは了解していないぞ。このテーブルに加わるなら、その資格がある旨を証明してもらおう」

他の三人が一斉にうなずいた。

「これは失礼を」

男は上衣の内ポケットから、手の平に隠れるくらいの石板を取り出して、テーブルの真ん中に置いた。

表面に刻まれた細かい傷跡はそれ以外のものには見えなかったが、何やら図型や模様みたいなものが混っているのは見て取れた。かなり古い品だ。深い深い海の底――その最も深い地層の下から浮かび上がって来たように思えた。

四人の眼がそれに注がれ――また同時にうなずいた。

「よろしいので？」

と訊いてみた。

「いいとも――資格審査は合格だ」

ハンカチ男が、首の汗を吸い取りながら認めた。

「しかし、×××の許可を得た者が、我々の他にいるとは思わなかった」

呆きれている風でも感心しているようでもあった。×××は何度も聞いているが、発音は不可能だ。メンバーの中では彼が最も人間らしい。

「もうひとつ」

と痩せた男が人さし指を立てた。

「このテーブルでは支払いの遅延も借金も許されない。君の財力を知りたいものだ」

〝社長〟はこれも落ち着いた動きで、反対側のポケットに手を入れた。黒い水晶とも金属片ともつかぬ塊《かたまり》が、テーブルに置かれ、石板が引っこんだ。

「ト××ゾ×××ン」

美女がそう言って、手に取った。愛撫するように撫で廻し、テーブルに戻した。この名称も何度となく聞いてはいるが、再生不可能だ。

「本物だわ——みんな、いいわね？」

一応は問いの形を取っているが、反対者無しを前提にしている。

みながうなずくと、女は石をテーブルへ戻し、〝社長〟が仕舞うのを待って、すでに椅子の背にもたれてこっくりこっくりしているでぶを見つめた。

「げーぷ。では——お配り」

正直、今夜は道楽ポーカーのカード配りなどしたくなかったが、仕事だ。それに指先もカードもいつになく切れがいい。

「それでは」

配られた五枚のカードへ注がれる視線と表情が、この仕事唯一の愉しみだ。

相手に手の内を読まれないよう無表情を装う——これがポーカーフェイスの語源だが、この四人にはおよそ縁がない。

何かあると——無くても——ちょんぼだ、と別の博打の用語を喚き散らすし、

「イカサマだわ」

と絡んで、

「何処がだ？」

と問い返されると、

「ふん」

とそっぽを向く。でぶ女など、

「あたしを抜かした」

と子供のように泣き叫ぶ。真実《まこと》、餓鬼の賭博ごっこだ。

このカジノの始まりはもう三〇〇年以上前だから、この部屋での特別勝負も三〇〇年前に始まったことになる。

ここでの彼らとの初対面は三〇年前で、何代目かの参加者だろう。噂では、全員初代の血を引いているそうだ。古い写真のようなものは一切残っていないため、似てるかどうかは判断不能である。

週に一度、このスペシャル・ルームに集まり、朝までポーカーに励んで去っていく。

仕事や家柄など一切不明。オーナーやスタッフ、お客にも尋ねてみたら、答えは山ほど返って来た。ただし、裏付けが皆無だ。

太った女に限っても、大企業のオーナーの他に、世界一の養豚場経営者、海洋生物学の博士《ドクター》、極端なのになると、妖術で人間に変えられた河馬《カバ》まである。他の三人も推して知るべしだ。

ただ、金が腐るほどあるのは確かで、ここでのチップは、すべてプラチナ製だ。一枚十万米ドル。四人組はそれをまとめて百枚も賭け、スったら電話一本でカジノの担当が新たなチップをカートで運んで来る。

ひと晩のやり取りだけで、大国の国家予算、それも百年分くらいが右へ左へ飛んでいくと知ったときは、開いた口が塞《ふさ》がらなかった。一体今時、彼らは何の目的で、週に一度、途方もない金を動かすのか？

単なる金儲けのわけはない。

スリルとサスペンスで血を燃やしたり凍らせたりしたいのとも違う。

じゃあ、真の博打好きかというと、これは断じて否だ。

週に一度、この特別室へ集まってひと晩ポーカーにふけり、明け方とともに去っていく。それだけだ。まるで幽霊という気がしないでもないが、それにしては、「宇宙的でぶ」だの「土座衛門《どざえもん》」だの「近親相姦《そうかん》野郎」だの「山羊の生んだ淫乱女」だの、悪態が生々しすぎる。

時々、拳銃騒ぎになり、美女が汗拭き男に四五口径をぶっ放したりする。いつも何発かは命中している風に見えるが、射たれた方は平気の平左だし、血の一滴も出ないから、よほど射ち手がへぼなのだろう。

五人が手持ちのカードを確認したのを見て、

「では、チェンジを」

と促した。

太った女がトップだ。それは決まっている。カードを配るのもそうだ。異議は一度も出ない。あれだけ罵り合い、ひょっとしたら殺し合いも辞さぬ女に、一種の序列が厳然と存在するらしい。

でぶは動かなかった。

「おい」

と隣りの痩せが声をかけてもぴくりともしない。顔の前に扇みたいに広げたカードの向こうから、ぶーぴーぶーぴー聞こえて来た。眠っているらしい。

「仕様がねえな」

痩せはドアの方を見て、

「楽団《バンド》を呼べ」

と命じた。

またか、と思いながら電話器を取って、

「例の笛吹き《フルート》を」

と告げると、五分もしないうちに、痩せたどころか骨に皮を張りつけたような、タキシードに蝶タイ姿の連中が五人――フルート片手に現れて、太った女の周りで、ピイヒャラやり始めた。

どう耳を澄ませても、リズムもメロディも存在しない音の羅列だ。十秒も聞いていたら発狂しかねないから、いつもの通り耳に綿を詰めてある。太った女を抜かした三人が、手拍子を叩き、足でリズムを取るのもいつも通りだ。そのタイミングが全員不気味なくらい外れているのも、だ。

新参者は――平然としていた。こいつも耳に栓をと確かめたかったが、ここからは見えなかった。

狂人製造演奏が二小節ほど――なぜわかる?――終わると、太った女は身じろぎし、楽団を睨みつけて戸口を指さした。五人はぎくしゃくと去った。

でぶはもう一遍カードを見つめ、二枚捨てて、二枚取った。何を捨てたかは、裏返したから誰にもわからない——はずだが、実はわからない。全員が見抜いている、としか思えない場面に何度も出食わしているのだ。

二人目——痩せた男は全部捨て、五枚取った。よくよく悪い手が集まったに違いない。新しい五枚がいい手だったかどうかは不明だ。少なくとも痩せた男はポーカー・フェイスを選んでいた。

三人目——東洋美女は、開いたカードへ、口紅《ルージュ》なしでも紅玉《ルビー》のような唇をすぼめるや、ふっとひと息——二枚のカードが押し出されるように宙へ舞い、重ねたカードの中に吸いこまれた——同時に別の二枚が飛び出し、身悶えするように何度もよじれながら、手のカードの仲間に加わった。

四人目——汗拭き男は三枚捨てて、三枚を選び、にんまりと笑った。いい手が来たと阿呆にもわかる。こんな笑顔は嫌いじゃないが、賭博の場ではまずいだろう。おまけにイァイイァイとこぶしの効いた演歌まで口ずさみだした。

これはひと波乱あるぞと思いつつ、その元凶ともいうべき五人目——〝社長〟はどうしたか、と眼をやった。

彼は変えなかった。そう宣言するや他のメンバーの視線が集中した。おお、あんな眼で見られたら、発狂する前に死んでしまう。

〝社長〟は平然としていた。汗ひとつかかず、眉も寄せずにうなずいた。三〇余年付き合っている他のメンバーより遥かに堂々たるものだ。

「では、開いてください」

結果はすぐに出た。

太った女が♥――おぞましい――のフラッシュ。

痩せた男が♠の一〇とキングのツーペア。

美人が、ほお、♦のストレート。

驚いたのは汗拭き男で、♣の2のワンペア――これでにんまりとは、素人の博打もいいところだ。

問題の〝社長〟がテーブルにカードを並べた。途端に声が上がった。驚きでも羨望でもない。怒りの声だった。それが、どう考えても、人間のものではないのだ。

腰が抜けそうになるのを何とかこらえて、

「Aの4カード。〝社長〟殿の総取りですな」

これ一回で、米なら四億ドル――日本円なら四百億円余りを手に入れた〝社長〟は、

「純金で。後は任せる」

と言ったきりである。

林立する百万ドルの塔を集めて、手もとの開口部から計算器へ流し込んだ。硬貨を数えるカチカチいう音が聞こえるような気がした。

換金は現金《キャッシュ》が殆どだが、このカジノでは黄金化も大丈夫だ。

「面白くなってきたな」

と痩せた男が光る眼で〝社長〟をねめつけ、

「本当ね」

美女が舌舐めずりをした。

汗拭きは、椅子の背にもたれて、虚ろな眼差しを虚空に据えていた。この男は負けるといつもこうだ。兆の単位を動かすくせに、心臓はノミか。

胸の中でこう揶揄したとき、ドアの向こうから悲鳴のようなものが聞こえて来た。いや、勝負のあいだ、ずっと続いていたのだ。幸い、徐々に退《ひ》いていった。

最後のでぶ女が最も凄まじく、またもぷーぴーぷーぴー夢の国だ。じきフルート吹きどもが必要になるだろう。

「よく眠っている。しばらくは放っておけ」

と痩せた男が言い、

「それがみんなのためよね」

と美女が同意した。汗拭きは、イアーイアーと演歌の真っ最中である。

「あなた、初対面だけど、何処かでいつかお目にかかってない？」

美女が〝社長〟に訊いた。

「そうですね、宇宙というものが輪廻《りんね》するならば、いつか何処かで。私は覚えていませんが、あなた方の力の一部を手にした人物と遭遇したことはあります」

「あなた方というと、僕もかい？」

痩せた男が入って来た。

「君の出会った男とは、ジョセフ・Cのことか？」

「そんな名前でした。最後は塵《ちり》に還《かえ》りましたが」

「あなたがそうしたの？」

と美女。

「方法を伝授しただけです。私の方も質問させてもらってよろしいでしょうか？」

「何でもどうぞ」

「このカジノ自体は問題ではありません。肝心なのは、ここで賭博が続いているということです。恐らくはこの星の誕生――いや、銀河系より遥かに早い――宇宙開闢《かいひゃく》と同時に」

「あら、そうだったかしら」

〝社長〟は澄んだ力強い眼で二人を見つめた。

「何のために賭けていらっしゃるのですか？」

「そんなこと訊くなよ、うざい」

と吐き捨てたのは、汗拭き男だった。

「おれたちの誰だって、そんなことわかりゃあしないんだ。ただやってるだけさ」

「君は金融業者だと言ってるが、出自は別だろう。何者だ？　どうやってここへ入って来られた？」

「コネですな」

〝社長〟は即答した。

「どんなコネよ？」

美女は興味津々という顔である。

「それは、私が敗けたらお教えしましょう」

「よし」

「面白いわ」

「いい度胸だ」

またフルート吹きを呼んで、でぶ女を起こすと、ドアの向こうから悲鳴が聞こえはじめた。何が起きたのかはわかっていた。

万物が歪み、形を失い、虚無に戻っていくのだ。

ゲームは再会された。

結果は驚くべきものだった。〝社長〟のひとり勝ちだったのである。金額は兆に昇っていた。でぶ女が、レートを上げると言い出し、プラチナのチップは廃止され、代わりに、メンバーが用意した黒い石片が使われることになった。そう、〝社長〟の資金と同じものだ。

それでも、〝社長〟は勝ち続け、外の悲鳴はこの世のものではなくなっていた。金額はすでに京など通り

越し、

「百無量」

「一億大数」

の声が平然と飛び交い始めた。もうビルだの土地だのの話ではなかった。世界の値段も遠くなり、

「宇宙でも買えるな」

痩せた男の言葉は全員が同意するレベルに達していた。こいつら、本気で宇宙を賭けるつもりなのか。でも無さそうだ。誰もそんなこと言い出さなかったからだ。何処かに彼らを押さえつけているご意見番みたいなのがいるのかとも思い、そんな莫迦なと吹き出してしまった。

結局、汗拭き男が言った、何となくというのが正しいのかも知れない。神さまのやることが人間《ひと》にはわからないのと同じだ。

勝負は結局、〝社長〟のものだった。

一日が終わったのだ。

メンバー全員が苦い顔をして見つめる中、〝社長〟は優雅に一礼した。

美女が、素敵と洩らしたほどの紳士ぶりだった。

「ねえ、そのお金何に使うの？」

〝社長〟の背中へ、美女の声が吸いこまれた。

「この星の売り買いを企んでいる者がいます。それを防ぐ資金です」

「なあんだ、しょぼい話ね」

「おれも行くぞ」

と汗拭き男が言って、前を通った。汗は潮の匂いがした。彼の血管には海水が流れているのだ。

「それでは」

二人の挨拶に、三人が片手を上げた。彼らは恐らく永劫に、この部屋に留まっていなくてはならない。最初は違ったが、余計なことを考えたために、誰かに強制されてしまったのだ。何とかしてやりたいと、工作もしてはいるが、中々上手くはいかない。こんなゴミみたいな星の征服なんかやめとけば良かったのに。


でぶ女はすでに眠りはじめていた。

二人がドアを開けた。

悲鳴はもう聞こえなかった。でぶ女が夢見ている間は、何もかも安定しているのだ。万物は誰かの見る夢だという説を信じたくなってくる。

「NAIBARA」

名前を呼ばれた。

「HUTEO、お茶の用意を頼む」

任せておきたまえ。

最近、世界で流行っているイカモノ茶というのがある。カード配りの片手間に私が作り出し、流行らせたものだ。ひと口飲ったら、三人もこの部屋を出られるかも知れない。
まあ、それもでぶ女の夢かも知れないが。

# ラヴクラフト故地巡礼

＊本編は、ＳＦ・特撮情報雑誌『宇宙船』（朝日ソノラマ社）の一九八五年四月号より一三回に渡って連載されたものに、一部加筆修正したものです。写真は著者が現地で撮影しました（ウィルコックス青年の家を除く）。

## たそがれの街々へ

それほど大したマニアというわけでもないのだが、私はこれまでに二度、ラヴクラフトの故地を訪れている。三年前――一九八二年の九月と、今年（一九八六年）の八月である。

別段、熱烈な想いに突き動かされたわけでも、夢枕に、顔の長い陰気な人物が出てきて手招いたわけでもない。

無精無精と毎日三度ずつ繰り返しながらゴロゴロしていた私に、暇なのでまた同居人がアメリカ旅行を強要し、ならば、ということとなったのだ。理由は簡単。同居人の友人が御主人の仕事の関係でアメリカ東部のアムハーストという大学街に住んでおり、それが暮れに越すことになったので、その前にいらっしゃいと手紙をくれたのである。

普通なら、行くけど手配おまえしろよな、とズルを決めてたのが私の手口だが、よくよく訊いてみると、アムハーストというのはマサチューセッツ州にあるという。ボストンの近くだともいう。ならば、ロードアイランドとも目と鼻の先ではないか。

同居人に問い返すと、あったりまえでしょという。自慢ではないが、私は大学入試まで、名古屋が愛知県にあり、しかも県庁所在地とは知らなかったのである。アパートの浪人生から指摘されたときは一大ショックだった。まあ、地理上の誤まりに関しては前科者である。

写真1　プロヴィデンス駅

ともかく、地図やら資料やらで同居人に地理や交通の便を調べさせると、ラヴクラフトの故郷――ロードアイランド州プロヴィデンスまでは、ニューヨークからアムトラックなる急行列車で約四時間、ボストンからはわずか一時問で到着すると知れた。

こうなると無精《ぶしょう》式推進エンジンも活動をはじめる。早速、戸棚からラヴクラフトの著作と資料を引っぱり出し、作品に登場する土地と現実の場所との接点を検証することにした。

ファンはご存じだろうが、病弱と経済的困窮のため、あまりあちこち出て歩けなかったラヴクラフトは、ことの外《ほか》一八世紀英国を愛し、この香りが色濃く漂うニューイングランドに心を寄せて、数多くの土地を実名で作品に登場させている。

最も顕著《けんちょ》な例が、「チャールズ・デクスター・ウォードの奇怪な事件」「忌《い》まれた家」「闇《やみ》に這《は》う者」等の舞台となったロードアイランド州プロヴィデンスであり、「インスマウスの影」の主人公が汚怪《おかい》な港町へのバスに乗るマサチューセッツ州ニューベリーポートであり、「クトゥルーの呼び声」に出てくる同じくマサチューセッツ州ニューポート、「ピックマンのモデル」が排徊《はいかい》したボストンのバッテリー街等であろう。

さらに、実在の土地をモデルにしたものとして、いうまでもなくあの魔界都市《新宿》――じゃねえ、マサチューセッツ州アーカム、同州キングスポート等が挙げられる。アーカムが魔女狩りの街セイラム、キングスポートがセイラムの対岸にあるマーブルヘッドをモデルにしていることは、ご存じ（？）だろう。また、セイラム自体も作品中で何度かとり上げられ、私は何と二回もこの小さな街へ顔を出すことになった。

さて、唐突だが、ここで執筆に対する態度を明らかにしておこう。

一応、連載は三回、各々一〇枚と指定されているのだが、私は各地の有名レストランとか、名所旧跡とかのアンノン情報も豊富に入れていくつもりでいる上、同行者のミスやアホぶりも恥を忍んでしばしば書くつもりである。大体、読者が喜ぶのは、本筋と関係ない失敗と決まっているのである。ラヴクラフトの生まれた家がもうないなどということより、チップの額が多い少いでタクシーの運ちゃんともめ、顎《あご》の骨割られたというような話の方が数段面白いのは、私もそうだからよくわかる。したがって、ページはまるで足りない。

編集長のM氏は、いけませんというかもしれないが、なに、構やしねぇ。時と場合によってはラヴクラフトも無視して、ケベックのヌード劇場に比重を置く。こうなれば私的旅行記である。現に、一〇枚中ここまでで五枚。話はなんも進んどらんではないか。

無論、怒ったM氏に連載中止を勧告される場合もあり得る。それが嫌だったり、ヌード劇場だの、私と同行者の喧嘩《けんか》や別れ話の方に興味のある方は、せっせとファンレターを書くようお願いする。（こら、間宮、わかってんだろうな。筆跡変えて五枚は書けよ)。

というわけで、私は同行者とともに日本を飛び立ち、突如として、ロードアイランド州プロヴィデンスに到着した(ハハハ、やっぱりページが、ね)。

時に一九八二年九月十三日、午後も遅い時刻である。

古風な駅舎に往時のイメージを抱いて外へ出た私を、まず失望が襲った。

坂の上にある出入り口から見落ろすプロヴィデンス市街は、高層ビルの谷間であった。ジョージ王朝風の邸宅も、一八世紀の面影を漂わす切妻《きりづま》屋根の家々もない。

ボストンにつづくニュー・イングランド第二の都市と知ったときから予想はしていたが、やはり頭のどこかで、ラヴクラフト世界をイメージしていたのであろう。ショックはかなり大きかった。

余談だが、今年の八月に訪れたときは、駅前にバス停らしきものが建造中で、作品世界とのギャップとこちらのショックは大きくなる一方である。駅前の風景にラヴクラフトのイメージを求める人は、早目にお出かけになるようお勧めする。

さて、私が乗ってきた列車はニューヨークのペンシルベニア駅発十時二〇分のアムトラックである。だしぬけに話が変わって恐縮だが、これは近頃流行《はや》りのロール・プレイング・ゲームを旅行記でやったらどうなるかという実験である。名づけてロール・プレイング・トラベル日記という。これ以後もたまに出てくるかもしれんが、あまり気にせんように。

さて、東京からニューヨークまでは、ノンストップで一六時間。航空会社はノースウェストであった。美人スチュワーデスがいなかったという記憶が強い。同行者が、ホテルは着いてから探すというおかしな主義の持ち主なもので、深夜の到着後、早速空港のサービスセンターで「IROQUOIS」なる珍妙な名前のホテルを予約し、ニューヨーク市内行きのバスに乗った。私は英語が喋《しゃべ》れないし、疲れていたから、交渉はもっと喋れない同行者まかせである。空港は当然郊外にあるから、まず三、四〇分かかると踏み、私はひと寝入りすることにした。

一〇分ほどして、うつらうつらしてきたなと思うと、バスが停まり、みな下りていく。外にはなにやら木造の駅みたいな建物。なんだ、こりゃ、と訊くと、わからないけど、とにかく下りましょうという。ニューヨーク到着後一時間足らず（バスの待ち時間が入っている。この時もバス停の位置がどこかでひと騒動あった）で、もう無茶苦茶である。

外へ出ると、駅舎みたいな建物に入れられ、やがて、みな窓の戸口から地下通路の方へ出ていく。事ここに到って同行者が、ははん、ニューヨークまで地下鉄で行くのよ、といったが、気も動転していた私は、何故、空港の係官はそれを早くいわんとわめき散らし、言ったたって英語じゃわからないでしょ、わたしは前から知ってたわよ、とどやされ、口をつぐんでしまった。

正直、怖かった。私の頭の中では、ニューヨーク＝犯罪都市であり、深夜の地下鉄＝ギャングの巣だったからである。その証拠に、ニューヨーク行きの地下鉄はなかなかやって来ず、暗いホームから人々は三々五々、別の地下鉄で去っていくではないか。後に残るは、人相は悪いが身体はでっかい黒人と、鎖で巻かれ錠のおりた駅事務室。駅員すらいないのである。

同行者に、あ、これよと、入ってきた電車を指さされたときは、正直、ほっとした。ところで、ニューヨークの地下鉄にも、ラヴクラフトそのものではないが、彼の名が登場するクトゥルー神話の一篇がある。

『ク・リトル・リトル神話集』(国書刊行会ドラキュラ叢書5)に収録されている、R・B・ジョンソン作「地の底深く」がこれなり。『幻想文学』⑥の「ラヴクラフト症候群必携」では、ニューヨークの地下鉄にだって屍食鬼《グール》はいるんだ、というだけのお話と冷たく扱われているが、実はこれ、地下に棲《す》みついた屍食鬼と、彼らを狩るべく武装した人間たちとの凄絶《せいぜつ》な戦いを描いたなかなかの傑作で、昼の地上世界を守りつつ、闇の中で退化していく人々の姿が不気味に描かれている。

そして、プロヴィデンスである。まず、小切手の現金化からはじまった。駅前のでっかい銀行へ東京銀行のトラベラーズ・チェックをもって入ったら、扱ってないから駄目といわれ、別の銀行を教えてもらったのだが、たかだか一〇〇メートルも離れていないそこへいくまでに高層ビルの列はつき、前方には殺風景なアパートや建物が広がっているばかり。これにくらべると、後に出掛けたボストンは確かに大都会である。

なんとか現金を入手したら、次はホテル探し。駅前に「バルチモア」なる、どんなガイド・ブックにも載っている有名なホテルがあるのだが、経済的理由で目もくれず、手頃なところを探そうと旅行者案内所求めて歩き回る。歩いたがない。通りかかったパトカーのお巡《まわ》りさんに尋ねると、市内に旅行者向きのホテルはなく、車で遠方のベッド・タウンへ行くことだという。

それじゃ困る、と泣き真似をしたら、単語の中に「ホリデイ・イン」ときた。それそれと道順を教えてもらい徒歩一〇分。駅頭で見かけた商工会議所みたいな建物に着いた。料金はツインで六〇ドル。ニューヨークでは四〇ドル、五〇ドルに固執していたため、これを聞いた途端、目つきが悪くなるのがわかった。

## ラヴクラフトは何を考えていたか？

「ホリデイ・イン」はなかなか快適なホテルであった。廉価《れんか》が売りもののホテル・チエーンだが、ニューヨークやロンドン〈昔行った〉の安ホテルとは雲泥《うんでい》の差。冷房はうるさくないし、調度はきれいだし、ちゃんと壁紙も貼ってある。貧乏旅行者には勿体《もったい》ないくらいのものである。高級ホテルへ泊まっても、奥さんがご主人の恋人にトンカチで頭割られる時代に、高級も安全もあるものか。

この宿での第一の収獲は、売店で見つけたプロヴィデンスの観光案内図だった。

実は駅前に「旅行者《ヴィジターズ》センター」の所在地を記《しる》した貼り紙があるのだが、いくら探してもわからない。去年（一九八五年）出向いたときは、バス発着所《デイ・ポート》の中にあった（貼り紙がね）。プロヴィデンスを訪れる人は、まず、ここに行くべし。駅から徒歩四、五分の場所です。

ホテルの観光案内に、ひょっとしてラヴクラフトの史跡のひとつも載っていないかと、私は眼を皿のようにして探したが、収獲はゼロだった。ただし、ラヴクラフトとは直接関係ないが、この著作「チャールズ・デクスター・ウォードの奇怪な事件」等に散見する事物は、確かに掲載されていた。

ベニフィット街《ストリート》、サラ・ホイットマンの家、スティーヴン・ホプキンスの家等々、それらは、歴史こそ古いが決して観光都市とはいえぬプロヴィデンスの、数少い文化遺産なのであった。しかし、まあ、私のような男に田舎の文化遺産などはどうでもいいのであって、案内図の何よりの収獲は、ラヴクラフト関係の住所や建物が集合しているカレッジ・ヒルの存在地点が突きとめられたことであろう。
それは駅を出て坂道を降り切った地点の、左手遙かに広がる緑の丘陵《きゅうりょう》地帯であった。
救われる想いでしたね、正直言って。
ビル街がそうですよ、なんて言われた日にゃ、たまったもんじゃねえ。
こうなれば、後は手持ちの資料が威力を発揮する。
①青心社刊『クトゥルーⅡ／永劫の探求』の末尾に付いてた幻想文学全集「クトゥルー地名リスト」
②ヘンリー・L・P・ベックウィズ・ジュニア著『ラヴクラフツ・プロヴィデンス＆アドジェイスント・パーツ』
③フランク・ベルナップ・ロング著『ハワードド・フィリップス・ラヴクラフト』
以上三点である。
①はラヴクラフト作品中の虚実の土地をとりまぜ、住所番地を加えて解説したもので、これ自体、秀れた読み物になっているが、地図がないという大欠点がある。
②は、四年前、サンフランシスコの古書店「ファンタジー・エトセトラ」で購入、プロヴィデンスを中心に、周辺にあるラヴクラフトの関係地まで写真付きでまとめた労作。ラヴクラフトの生家から幼年期、晩年を過ごした家にチャールズ・デクスター・ウォードの生家（！）まで入っているのだから。これのおかげでアメリカ旅行へ触手が動いたようなものだ。「ロードアイランド州」「プロヴィデンス市街」「イースト・サイド」「カレッジ・ヒル」と、徐々に対象が狭《せば》まっていく地図の構成もなかなか便利だが、何のつもりか、駅

の位置さえ記入してないものだから、自分の今いる場所さえわからず、結局、市街図が必要となった。記述は無論英語だが、高校生程度の実力があれば、辞書なしでも何とかなるはずだ。

方角と距離関係の単語がポイントになるからである。高校生以下で辞書を持ってない人はあきらめること。そんな頭でアメリカ行こうなんていう方が悪い。あそこは日本の同盟国などではなく、白い悪魔が炎を噴き出す棒を持ってうろつく魔界なんである。

もうひとつ、英語の実力は大卒、辞書なしでもOKという人も無駄である。『ラヴクラフツ～アドジェイスント・パーツ』は、とっくの昔に品切れで、小生の買ったものが現在ある最後の一冊だそうだ。それがなければ、プロヴィデンス市内をあてどもなく彷徨《ほうこう》し、野垂《のた》れ死にするのがオチである。お気の毒さま、けっけっけ。
③は、ラヴクラフトの友人だった怪奇作家の回想録であり、『ラブクラフツ～』にも入っていない晩年の家や、墓地の写真など、確認と観光にもってこいの写真が数多く含まれており、写真のコピーのみを持参した。体制は万全であった。
などと得意になって書いとりますが、去年の訪問に際して、前日まで某ホテルに宿泊していた小生は、これらの資料をすべてうっちゃらかし、手持ちのラヴクラフト本は創元社の『ラヴクラフト全集2』のみというお粗末。観るべきものは殆ど前回観といたからいいようなものの、ほんと往生《おうじょう》した。

とにもかくにも、目的地を確認できた小生と同行者は、ホテルの裏からひときわ目立つラヴクラフト関係最初の建物——純白の市庁舎に別れを告げ、意気洋々とカレッジ・ヒルめざして出動したのである。

カレッジ・ヒルとは、地図によるとカレッジ街が走る丘陵地帯一帯をさす地名で、街《ストリート》の終点にブラウン大学があるため、そう呼ばれるらしい。位置は丘陵地帯のほぼ南端。昇り口には、緑の木立ちと木のベンチ等があり、私と同行者は足元に落ちているドングリの実を拾い集めたりした。

通りに沿って立つ街灯にはすでに明かりが点っていた。自転車に乗った子供が二人、勢いよく降りてきた。「闇をさまようもの」で、異形の怪物に誘拐される作家ロバート・ブレイクは、この通りの六六番地に部屋を借りていたのだが、淡い黄昏《たそがれ》にかすむ坂道に、奇怪なムードは気ぶりもない。

閑静で優雅な田舎街の通りを、恐怖と戦慄《せんりつ》に満ちた魔道に変えるのは、畢竟《ひっきょう》、作家の実力なのである。

その日、カレッジ街で出会った人間といえば、その二人の少年の印象しかない。

ラヴクラフトの街を歩く感概は、やはり深く強かった。

今では、彼がわずかの間ニューヨークへ出たきり、後はプロヴィデンスから一歩も出ずに創作に打ち込んだという隠者伝説も修正され、体調と経済状態の許す限りは、遠くカナダのケベック辺りまで旅行に出掛けたことが知られている。初めて訪れた当時の私は、とにかく、プロヴィデンスの街を夜しか出歩かない世捨て人という考えが頭にあったものだから、ここもそうか、あそこもひとりでうろついていたところか、と見るもの聞くもの思い入れが強くて仕方がなかったのである。

考えてみれば、多少ロマンチックな人間なら、「セブン・イレブン」じゃねえが、夜中に散歩ぐらいするだろうし、夜の街というのは、あれで結構昼とは別の一面を香り高く見せるものなんであるよ。おれが出歩かねえのに他の野郎が出歩くはずはねえ、なんて考えるのは、おれが世間だ、というのと同じくらいファシズム的である。

そこで、ラヴクラフトだが、この作家がなんで作中に実在の土地を多用したか、私の考えを披露《ひろう》してみよう。卓見だから心して聞くように。

同じ物書きとして考えた場合、実在の地名を作品中の舞台に使うと、殊にSFやホラーというイマジネーションだけがリアリズムまで支えねばならない分野では、空想一本槍にはついていけないという読者を作中へ引き込むのに多大な効果を発揮する。私の「魔界都市〈新宿〉」のごとく、である。はっはっは。

ただし、新宿だの横浜だのという人口に膾炙《かいしゃ》している場合はともかく、プロヴィデンスだの、ベネフィット街だの言っても、不特定多数の読者にとっては、未知の田舎町もいいところだったろう。

それをカバーするのが、プロヴィデンス、しいてはニューイングランドに対するフヴクラフトの想い入れである。知らない土地は書けないというタイプでもなかったろう。ラヴクラフトは自分の感情移入した土地を使ってあくまでも私的に、広大無限な大宇宙よりの恐怖を想像しようとした。

言い換えれば、自らの筆の紡ぎ出すあらゆる恐怖譚に一種のリアルさを与えると同時に、既知の舞台を選ぶことによって安堵感を得、執筆の情熱を一層かきたてるのである。

一面識しかないのに私と女房の名前をショート・ショートに使い、運悪くそれがソノラマ発売の雑誌に載ってしまった「STORMBRINGER」とかいう常識知らずのなれなれしい同人誌馬鹿がいるが、こういった面から捉えるとうなづけぬこともない。

古都に対する情熱もあったろうが、ラヴクラフトはまず、執筆上の安堵感を求めたのである。

同時に、それは一種のユーモアというより諧謔《かいぎゃく》、いたずら精神につながる。

彼は何よりも、ユーモアを理解できる心やさしい人物であったろう。彼の家を訪れたファンや後の作家たちが、ことごとく熱烈なシンパになったことは、隠遁《いんとん》的性格と拮抗するラヴクラフトの人間像を明確に浮き上がらせている。

前述「闇をさまようもの」が、ロバート・ブロックをモデルにした作家ロバート・ブレイクの恐怖体験を描くというおふざけの体裁をとりながら、ラヴクラフトの傑作のひとつと認められていることからも、ラヴクラフトの作家的資質が理解できるだろう。「ダンウィッチの怪」で、番犬に食い殺されるウィルバー・ウェイトリーの凄まじい、微に入り細を極めた死体の描写も、そこから生まれたものなのである。

あれ、まだ通りを上がり切ってねえや。

## カレッジ・ヒルにて

カレッジ街を中ほどまで昇りつめると、前方に赤煉瓦《あかれんが》の壁と鉄門が見えてくる。

ブラウン大学の正門である。

アイビー・リーグの名門校、故ケネディ大統領の息子の母校など、折りあるごとにマスコミへ登場する大学だが、私にとっては言うまでもない、ひとりの怪奇作家の見果てぬ夢を埋めた場所である。資料（『ハワード・フィリップ・ラヴクラフト』と思うが）によれば、左手の家並み——カレッジ街六六番地に、ニューヨークから戻ったラヴクラフトが晩年を送った家があったという。あったと過去形なのは、後に移転して、建物はそっくりそのままプロスペクト街六五番地に移されたためである。敷地でも残っていないかと眼を凝《こ》らしたが、その番地にあたる土地には、ブラウン大の施設らしい味もそっけもないコンクリートの建物がそびえているばかりだった。

門の前で写真など撮り、カレッジ街と直角に交わるプロスペクト街を左へ進むと、通りをはさんで堂々たる石の建物がうかがえる。

「お、ジョン・ヘイ図書館《ライブラリー》」などとルビ付きで叫び、石段を登ってみたが、門は閉ざされたままであった。

夏期休暇中は閉館かなと玄関脇に記された開館時刻を読んでみると、明日の午前中はオープンしているらしい。

「やった」

と同行者とうなずき、私は大学の構内へ入ってみることにした。

広さは日本の大学にも匹敵するところがあるだろう(私の親友の篠崎俊というおカマが通っていた玉川大等)が、趣きの漂う校舎は、コンクリートのビルとは違う。

芝生の上に、Tシャツや短パン姿の学生たちが輪になっていた。

考えても詮ないことだが、ラヴクラフトがこのような環境で正規の学問を身につけたら、私たち読者は「ダンウィッチの怪」や「超時間の影」を読むことができただろうか。結果はどうあれ、ブラウン大の門をくぐることは、ラヴクラフトにとってひとつの至福だった。彼の運命を決めたのは血であるが、入学を思い留まらせたのも心身病弱という血であった。

勉強不足でよくわからないため、ひとつご教示願いたいのですが、ラヴクラフトの「病い」とは、数キロの道のりを毎日通い、授業を受け、課題をこなすのも不可能な重症だったのか。

先祖の血を、良くも悪くもこれほど強烈な形で体現した作家というのもまれかもしれない。

その学識、天稟《てんぴん》、嗜好、肉体、経済状態——どう考えても、学究の徒か物書きしかつぶしの効かない人間ではあった。私事ながら、孤独癖では私もひけをとるものではないが、いざとなれば、ひとつぐらいは向いた仕事が他にありそうである。

構内をろくに見ないうちに、空は青味を帯びはじめていた。時計を見ると五時近い。

通りへ出て、ジョン・ヘイ図書館の入り口で写真などを撮り、私たちはプロスペクト街を急ぎ北上した。

写真2　ジョン・ヘイ・ライブラリーの前にて

『ラヴクラフツ・プロヴィデンス』によれば、緩やかな坂道（北上するに従ってカレッジ・ヒルは高くなる）を登り切った地点に、あのチャールズ・デクスター・ウォード氏の邸宅があるという。嬉しいことに写真付きである。

目的地に辿り着く前にも、見なければならないものは次々に現われた。石畳の道、鉄のベンチが置かれた庭……そして、六六番地の白い家。癌《がん》に蝕《むしば》まれた彼は、この家で筆を折り、病院へ運ばれて息絶えたのだった。

今は別の人間が入っている（らしい）。四〇年近く前に亡くなった怪奇作家のことなど覚えているはずもないが、乗り込んでいき、「あなた、ここはラヴクラフトが晩年を過ごしたところですよ」ぐらいは言ってもいいのではないか。誰か、やってくれ。

通りをはさんだ向こうに、これはまさにそびえるという感じで、石造りの教会が天に挑んでいる。「ク

写真3　ラヴクラフト晩年の家

リスチャン・サイエンス教会」である。この教会のことを、海の向こうの読者に伝えた作家が死んでも、教会は残る。その白いたたずまいが、年月による風化などどこ吹く風と圧倒的なだけに、教会は一種の〝冷酷さ〟を体現しているように見えた。

ところで、前述の「ラヴクラフツ・プロヴィデンス」のおかげで気づいたのだが、「チャールズ・デクスター・ウォードの奇怪な事件」に描かれたウォードの家は、その描写と住所がまるっきり相容れない。

篇中の専属医師ウィレット氏に宛てたウォードの手紙によると、その住所はプロスペクト街一〇〇番地。〝プロスペクト街の丘の頂《いただき》にある〝ジョージ王朝風の広壮な邸宅〟で、〝二重格子《ごうし》を備えた煉瓦造りの玄関わきの、古典様式のポーチ〟が特徴とされる。

なるほど後で行ってみたところ、一〇〇番地にも家はあるが、どこにでもありそうな一軒家で、ラヴクラフトの描写にぴったり当てはまるのは、その少し先、一四〇

写真4　チャールズ・ウォードの家の前にて

番地に建つ通称〃ハルゼイ・マンション〃なのであった。

一八〇一年に、トーマス・ロイド・ハルゼイ大佐なる人物が建設したこの建物は、小説中にあるような大邸宅ではなかったが、私は大いに感動し、この家を背景に十数枚の写真を撮ったのみならず、ポーチにまで上がり込み、呼び鈴など押してみようかと思ったほどである。

もっともこれは同行者に止められ、果たせずじまいだった。この記事を読んで勇躍、プロヴィデンスを訪れる方は、必ず押してみること。人間、やるときはやるべきだ。

これで、初日の目的は果たし、後は近所をのぞいて帰ろうということになった。

東西に走る街路を見下ろすと、プロスペクト街はカレッジ・ヒルの最高峰に位置することがわかった。たそがれの水みたいな光が市街を薄く滲ませている。カレッジ街を上りはじめて以来、ひとりの人間とも出くわさないのは何故だろうと、私は考えていた。

ここで、カレッジ・ヒル一帯には異様な鬼気が充ち、住人は何ものかに憑《つ》かれたように眼を光らせつつ道を歩き、あちこちの廃屋には奇怪にねじくれた樹々が――とくればまさにラヴクラフトの故郷なのだが、そういう話はちっともないのね。

それどころか、落ち着いた古い家並みと、深い緑に縁どられた道は、あの孤高の作家（孤独ではなかったと私は思いはじめている）が、オーバーの襟《えり》を立てて散策したであろう姿を今なお、はっきりと想起させる古さの「記憶」に充ちているのだった。

「チャールズ・デクスター・ウォードの奇怪な事件」をホラーと見た場合、プロヴィデンスには、描写された事物を探し当てる楽しみがある。だが、ひとたび、主人公をデクスター・ウォードではなく、プロヴィデンスの街そのものだと考えたらどうだろう。

「チャールズ・デクスター・ウォードの事件」はそういう読み方もできる小説だ。私などむしろ、プロヴィデンスの街を舞台に、ラヴクラフトの理想像たる学徒の生と死を描いた青春小説だと思っている。

何不自由ない資産家の家に生まれ（ラヴクラフトもそうだった）好きな古書に埋もれて青春時代を過ごし（ラヴクラフトもこれを望んだろうがうまくいかなかった）、祖先のひとりたる魔道士の罠にかかって滅びるチャールズ・ウォードは、ラヴクラフトの夢みた生活者であった。

同じ物書きのひとりとして極論すれば、あの怪奇な事件ですら作者ラヴクラフトにとっては、決して現実には起こり得ぬ甘美な夢物語であり、そのただ中で起こるウォードの死も、ラヴクラフトにとって、これ以上望み得ない終焉《しゅうえん》ではなかったか。

逆に言えば、だからこそ、主人公の生と死を見つめるプロヴィデンスの描写は、作品の雰囲気や結構を無視してまで、情緒連綿と美しいのである。

そこを旅することは、ラヴクラフト自身になるということである。

ふむ、これが分かっただけでも、来た甲斐《かい》があったな。

周辺をうろつき、廃屋の煉瓦塀だの、道路標識の写真だのを撮ってから、私たちは一本下の通り――〝眠ったような〟コグドン街へ降りた。

名所のひとつ〝プロスペクト・テラス〟とやらをざっと見て、すぐ〝影の多い――(SHADY)ベニフィット街〟へ行くつもりだった。

しかし、足はそこで止まった。

緑の芝生と木立ちと石のテラスの向こうに、市街が広がっていた。残照はその街の果てを赤く煙らせ、テラスには私たち以外、誰もいなかった。

その日射しは薄らいでいた。

ラヴクラフトはこう書いている。

> 断崖の下には、西へ向けて、屋根、ドーム、尖塔の海が、果てるところなく広がっている。(中略)冬の日の午後おそく、崖ふちの手すり越しに、丘陵の尾根を眺めた印象がもっとも鮮烈だった。それは、赤、金、紫、濃緑と、黙示録的な色彩に燃える落日を背に、神秘的なヴァイオレット色に

染まっていた。

テラスの端から夕映えの街を見おろす丈高い隠者の姿と、万華鏡の変化を見せる尖塔とドームの海を想像するのはたやすいことだった。私はラヴクラフトなのだから。

想像力は本当に時間を超えることができる。このテラスが四〇年前も今と同じ姿をとどめているかどうかはわからない。それでもなおラヴクラフトがここへ立ち寄り、夕暮れのひとときを過ごしたことは間違いない。いつの日か読者の誰かがここを訪れ、私とは異なる情景を時の彼方から引き出したとしても、それが想像力というものである。

そして、想像力は常に正しいのだ。

今回は妙にまじめでしたが、次回は——どうなるかわかりません。

プロヴィデンス、ボストン、SF大会、ニューポート、セイラム、ニューベリーポート——先は長いです。

五、六年先になると思いますが、完結までご期待。

## 〝忌まれた家〟を見たぞ

前にも書いたが、ベニフィット街《ストリート》は、ホテルの市街図にも〝歴史の道（だったかな？）〟と記されているくらいで、その両脇にプロヴィデンスの史跡が多く残る。

プロスペクト・テラスを出た私と同行者は、市街図と「チャールズ・デクスター・ウォードの奇怪な事件」、および『ラヴクラフツ〜』を頼りに、ひとつ見つけてはきゃあ、ふたつ見つけてはきゃあと楽しみながら道を下っていった（カレッジ街の方へと戻ったのである）。

ラヴクラフトは実に巧みに、そういった史跡を作中に応用している。

一例を挙げよう。

「チャールズ・デクスター・ウォードの奇怪な事件」で、魔道士ジョゼフ・カーウィンを倒すべく、〝一七七〇年十二月末のある日〟、プロヴィデンスの名士たちが集まって策を練った場所は、〝前知事スティーヴン・ホプキンスの邸（創元推理文庫『ラヴクラフト全集２』一二八ページ参照）〟であるが、これは今もプロスペクト街の南はずれに現存する。

また、そこへいたる道筋のあちこちに、あるわあるわ――というほどでもないが、まず、私の眼にとまったのは、道の左側にあるベニフィット街一三三番地――言うまでもない「忌まれた家」である。

ベニフィット街はもとバック街と呼ばれ、〝初期入植者（分かるね？）の墓地のあいだを曲がりくねって

写真５　忌まれた家

伸びる小径《こみち》だった〟（「忌まれた家」創土社ラヴクラフト全集Ⅰ）そうで、後に遺体が別の墓地に移され、種々の拡張工事を経て削り取られた挙句、墓地の上に建っていた家は、地下室から道へ出るようになった。

この「忌まれた家」という短篇は、ラヴクラフト全作中の佳篇だが、史跡や古歴史に精通していたラヴクラフトによれば、過去に何名もが死に、家中に白いキノコに似た菌が生えていたという。その辺の詳しい事情は、本篇を読んでいただくに限るが、ラヴクラフトはいかにも彼らしい、史実を利用した巧みな導入部を用いている。

つまり、一九世紀初頭、プロヴィデンスには、詩人ホイットマンの夫人、サラ・ヘレン・ホイットマンが住んでおり、その彼女に思慕の情を燃やしていたのが、恐らくはアメリカ唯一の狂詩人にして推理小説の始祖エドガー・アラン・ポーだったのである。

今なおベニフィット街八八番地には、サラ・ヘレンの家が残る（写真5）。そして、満たされぬ想いを抱いて彼女の家の付近をさまよっていたポーは、ベニフィット街一三三番地「忌まれた家」の前を何度となく通りすぎたにちがいない。

出だしにこの故事（?）を配置することによって、読者の興味はすんなりと奇怪な家の歴史へつながれ、史実とフィクションを巧みにとりまぜたラヴクラフトの悠々たる筆致は、一気に物語の核心へと牽引《けんいん》していく。

『ラヴクラフツ・プロヴィデンス&アドジェイスント・パーツ』によれば、この屋敷では現在過去において、作中のごとき陰惨な事件が起こった例はないという。もちろん、現在は人が住んでいる。

もしかしたらと思い、石段や出入口の付近を隈《くま》なく探したが、「幽霊屋敷《HAUNTED HOUSE》」の標示はなかった。キノコも生えていないようである。

なお、「忌まれた家」において、主人公とともに火炎放射器片手に妖怪と渡り合う叔父エリュー・フィップルの邸宅は、通りをはさんで家の少し先、一四四番地ということになっているが、私は気づかずじまいだった。

さらに南下すると、小さな空き地の隣りに「ジョブズ《GEOFF'S》」というカフェテリアが見えてくる。『ラヴクラフツ・プロヴィデンス〜』には、〝凄え《トレメンダス》サンドイッチ〟で有名と記されている店だ。この近くに、ジョージ・ワシントンが宿泊したというゴールデン・ボール旅館《イン》がある。ここはポーが滞在したとも言われている由緒《ゆいしょ》正しき旅館で、〝剞方《くりかた》をつけた巨大な建物〟（「チャールズ・デクスター・ウォードの奇怪な事件」より）のはずが、何処を探しても見当たらない。

野郎、だましやがったな、と『ラヴクラフツ・プロヴィデンス～』を調べ、私は驚嘆《きょうたん》すべき事実にぶち当たった。

〝敷地は「ジョブズ」の駐車場になっている〟

隣りの空き地じゃねえか、馬鹿野郎。

ベニフィット街には、青いたそがれが満ちていた。考えてみれば、ニューヨークを発ってから、ろくな休息もとっていない。

ホテルへ戻る時間だった。

ベニフィット街を下る途中、一軒の家の軒先に光るものが浮かんでいた。

「あっ、猫！」

と同行者が言うので、あわてて眼をこらすと、丸々太った本当の猫であった。この同行者は眼が悪く、時々、猫と豚をとっ違えたりする。

カレッジ街を下りた頃は、薄闇が世界を覆い、飯だ飯だとせかしていた。

今は少し楽になったが、当時の旅行は典型的な貧乏道中で、食事はたいがいファースト・フードであった。しかし、まあ、ラヴクラフトの故郷における記念すべき第一夜ということで、私たちは街なかをほっつき歩き、とあるギリシャ料理店をふんぱつすることに決めたのである。（変な文章だな）。

私はスパゲティー・ミート・ボールらしきものと、シシカバブ（あー、外谷さん）。同行者はわからん。

私よりいいものを食ったのは確かである。後で冷静に考えると不味《まず》かった。

こういうことを書くと、すぐ同行者に、

「いんたあなしょなるじゃないわね」

と嘲笑《ちょうしょう》されるのだが、私は日本食がないと全く駄目。日本食の材料と作る人間が地上から一掃されない限り、いくらフランスパンがうまかろうが、アメリカのステーキが分厚かろうが、ぐっすり眠っている女房に「メシだメシだ」と喚きつづけるであろう。

しかし、日本食はハンバーガーとコーラに比して圧倒的（でもないか）に高く、我が同行者は、「なんで、外国まで来て日本食食べなきゃならないのよ、すのっぶねェ」

などと訳のわからん言葉でののしり、哀しげな私を無視してはコンゴ料理店などへ入って、くり抜いた象の足にもり付けられた夕ロイモの煮つけを食べたりするのであった。

こういうとき、唯一の慰めはカレーとスパゲティで、幸いなことに、この二つはたいていの街に看板を出しているため、持病のヒステリーを起こす寸前になると、こりゃヤバイナと察知した狡猾《こうかつ》な同行者の
「はいっ」

の合図とともに、私はそのどちらかへ駆け込むのであった。

インドとイタリアは美しい国だ。

闇が落ちて少しすると、メインストリートにも人影は跡絶える。

触手を持った通り魔にぶつかるのを恐れた私たちは早々にホテルへ戻り、TVをつけてゴロゴロしはじめ

た。

何だかよく分からんドラマをゲラゲラ笑いながら見ていると、時折、おかしなＣＭが入る。

「SF」だの「HORROR」だのいう文字がとび交い、眼を凝らした結果、「CONVENATION」と「BOSTON」もわかった。どうやら、ボストンでＳＦ・ホラーのコンベンション（大会）が開かれるらしい。期日を見ると行ける！

プロヴィデンスを出れば、後は同行者の友人を訪問する以外、帰国まで自由行動である。

このとき、私は何を考えたか？

生まれてはじめて、外国のＳＦ大会に出られる歓びか。

つたない英語を操りながら、青い眼のＳＦファンと交歓できる知的興味か。

最新のコンベンション情報を日本へ持って帰れる使命感の高揚か。

冗談じゃねえ。

箔がつく。——これだけだったね。

世界ＳＦ大会なんて、日本ＳＦ関係者ツアーの墓場と化している。

これからは、ローカル。草深い田舎のコンベンションの時代である。なんといっても、世界ＳＦ大会の記事なんて、開催されるたびにＳＦ雑誌誌上を賑《にぎ》わすが、地方コンなんて誰も書かんでしょう。断言しよう。アメリカの地方コンベンションに参加した、史上初の日本人は私である。

それにしても、私はアメリカの、ＴＶ放映料の安さに舌を巻いた。いや、こういうことをするファンダム

（やな言葉だ）の裾野《すその》の広がりと組織力にもへえ、と思ったが、いいですか、単なる地方大会なのですよ。日本SF大会だろうとテレビCMなど夢のまた夢であろう。彼我《ひが》の差はかくの如しか。

私は安いなァ安いなァと幾度もつぶやき、同行者に白い眼で見られた。

これでやっと初日はおしまい。

二日目の予定は、ラヴクラフトの墓地および、プロヴィデンスに遺る彼の住居跡巡りである。早速、地図を見ると、遠い。カレッジ・ヒルを越えてさらに北へ進まねばならない。徒歩だと、数時間かかりそうだ。バスは望み薄。かくて、タクシーを頼むことにした。

市街図で駅近くのバス・ディーポーを調べぶらぶら歩く。すぐに停車中のタクシーの列にぶつかり、地図を指さし、「ＯＫ？」と訊く。

髭《ひげ》もじゃでおっかなそうだが、人の良い運ちゃん即座にうなずき、この辺は車がいないから、戻ってくるまで待っててやろうと申し出てくれた。

空は青かった。二度プロヴィデンスを訪れたが、一日たりとも曇天《どんてん》にすら出食わしたことはない。

誰かが守ってくれているような気がした。

## スワン・ポイント墓地へ

私たちの乗ったタクシーは、カレッジ・ヒルを越え、これも静かな街並みに到着した。徒歩で来たら優に一時間以上かかる距離である。道路は広いし、街路樹も豊富。人通りは少ない。こういうところでは、地球最後の日まで、交通事故が起こらないのではないか。

街に到着してから五分ほど走り、車はやがて巨石を利用した門の間を抜けて、広大な敷地内へ入った。門にはっきりと「SWAN POINT CEMETERY」の銘板。余談だが、某旅行会社が企画した「ラヴクラフトとプロヴィデンスの旅」というとんでもないツアーの中に、スワンプ・ポイント墓地というのがあって、どうやら、ここのことらしい。白鳥《スワン》が沼《スワンプ》になってしまうではないか。（しかし、参加者がいたのかね、あれ?）。

運ちゃんが何かいう。この場所は他のタクシーも滅多に通らないから待っていてやろうと提案しているらしい。願ったり叶ったり。

十五分くらいで出てくるよ、と適当なことを言い、私と同行者は早速、公園の管理事務所へ向かった。

応待してくれたのは金髪の女性だった。

「ラヴクラフトの墓へ行きたい」

と英語で言った。これくらいのことは言えるのである。英語教育の成果だ。

くだんの女性はにっこり笑い、デスクの向こうから一枚の紙を取り出した。墓地の見取り図の上を緑色の線が走っている。
その端が、H・P・ラヴクラフトの安らぎの場所であった。
ラヴクラフトという作家の評価について、こんなことを書くと熱狂的ファンに叱られるかもしれないが
——私はそれなりに冷静な見方をしているつもりである。作品以外のものの〝遺《のこ》り方〟についても同様だ。
だから、ラヴクラフトの愛してやまなかったこの街に、彼の存在を示す一切のもの——碑文、史蹟の類——
が〝ラヴクラフトの記念〟という形で残っていなくとも、特に驚きはしなかった。
本当に、それは徹底的にないのである。
ホテルで買い込んだプロヴィデンス市街図等名所解説書を執拗《しつよう》に読んでみたが、ラヴクラフトのラの字も
見つからなかった。ポーの生家は健在だが、ラヴクラフトのそれはすでに他の建物にとってかわられ、他の
家も別人が住んでいる有様だ。
だが、彼の墓所へは、一本の緑の線が引いてあるではないか。
それは、つまり、何人もの、何十人もの、何百人もの人がこの共同墓地を訪れ、かの金髪女性に、不遇な
うちに逝《い》った怪奇作家の終焉の地を訪ねるということだ。
一人の作家として、私はラヴクラフトの轍《てつ》を踏みたいとは思わない。社会性の欠如ではひけをとるもので
はないが、あのような人生（彼自身が送りたいと思っていたかは別として）を送りたいとは夢にも思わない。
だがね。
いつか私が冥界《めいかい》へ旅立ち、その後で、墓所へのラインが必要となるほどのファンが押し寄せてくれるかど

うか。これは一発で分かる。

ありっこない。

読者の誰かが将来、作家として身を立て、私の作品のどれかを書き継いでくれるかどうか。

これもありっこない。

ラヴクラフトはいともたやすく、これをやってのけた。

その多くが、生前一度たりとも顔を会わせていない奇妙な弟子、オーガスト・ダーレスの、半ば強引、半ば歪曲にも似た努力によるものであったとしても、なお、読者はラヴクラフトの作品に傾倒し、おびただしい神話群を生み出し、ヒッチハイクや自転車を駆って彼の墓へもうでるのだ。

これもまた、作家としての、ひとつの理想であるかもしれない。

それでいいではないか。

少なくとも、「ダンウィッチの怪」や「インスマウスの影」を私たちの手もとに届けてくれた作家はいま、終生愛してやまなかった故郷の、広い墓地の一角に眠っている。

巨木と青い芝生に覆われた墓地の中を、私と同行者は声もなく歩いた。

他に人影はない。

小鳥のさえずり、噴水の音だけを覚えている。

一〇分も歩いたろうか。

「**H・P・LOVECRAFT**」の写真と瓜二つの墓石群が私を迎えた。

それはフィリップス家の墓地であった。

写真6　フィリップス家の墓所
（ラヴクラフトの墓石はこの石塔の裏にある）

大きな石碑の彼方に並ぶつつましげな墓石群の中に、HOWARD PHILLIPS LOVECRAFT の名を見つけ出したとき、私は不覚にも涙がこぼれそうになった。

物語を読んで、映画を観てならいくらでも感涙にむせぶ（この間もマービン・ルロイの『若草物語』読んでオイオイやった）が、現実の出来事に対し、私は涙など流そうとは思わない。思っても流れぬ人間性なのである。

それが、このときだけは、同行者に顔を見せまいとするのが精一杯であった。

写真７　ラヴクラフトの墓石

徹底的な出無精で、人間嫌いな私が、とにもかくにも、海を渡り、言葉も通じぬ世界で、小さな墓石を発見したのである。

正直に言っておこう。

私は決して、ラヴクラフティアンではない。十歩下がっていい読者とも言えまい。「超時間の影」や「狂気の山にて」は読み切っておらず、「銀の鍵の門を越えて」ときたら、食指も動かない。国書刊行会の全集もすべては揃えていない。それなのに、何故、こんなところまで来たのか。観光旅行のついでである。多分、そうだろう。

ひとつだけ、つけ加えておく。

去年の夏、私は再びプロヴィデンスを訪れ、今度は地図無し（なんせ、前日までホテルで缶詰になっていたのだ！）でスワン・ポイント墓地を訪問した。

記憶だけを頼りに、なんとか見つけ出した墓所には、一輪の黄色い花が風に揺れていた。誰が植えたものか。

経済的な事情で、近年、有志たちの手によって建てられたという墓石には、こう刻まれていた。

**I AM PROVIDENCE**

タクシーに戻ると、以前とはうって変わって、運ちゃん、かなり不機嫌である。

無理もない。三〇分以上が経過しているのだ。

「プロスペクト街へ」と言っても、ロクに返事もしない。

待ち時間分を合わせて三五ドルもとられた。あれはぼったくりではないかね。

〝ウォード邸〟の前で降り、私たちはジョン・ヘイ図書館への道を辿っていった。

この時間なら開いているはずだ。

ドアを押して（引いてかな？）開いたときには、ほっと胸を撫でおろしたものだ。

写真8　ラヴクラフト・コーナー

奥に受付があり、可愛らしいお嬢さんが、

「ハーイ」

と手を上げて迎えてくれた。

とげとげしさや仏頂面の応待に慣れている身には、まことに嬉しい挨拶である。

ところが、話がラヴクラフト・コーナーに及ぶと、どうにも意志の疎通がうまくいかない。

私は、日本で、「地元のジョン・ヘイ図書館には〝ラヴクラフト・コーナ〟が開設されている」という風な記事を何度も眼にした経験があり、てっきり、かなりのスペースをとった大テーブルの上に、彼の初版本がズラりと並び、仰々しいガラスケースがそれを覆っている——こんな光景を想像していたのだが、お嬢さんの話では、どうもそういうことはないらしい。

つまり、ラヴクラフトの作品を集めてはあるが、それは必ずしも初版本や全作品ではなく、保管場所も大テーブルのガラス・ケース内にはあらず、平凡な倉庫の一角なのであった。

私のような酔狂者は他にもいるらしく、お嬢さんは同僚に何か言うと、気軽に鍵束を手にとり、私たちを奥の書庫へ案内してくれた。

ここで、日本から持参した創元社版「ラヴクラフト傑作集Ⅰ・Ⅱ」を手渡す。

正直、〝ラヴクラフト・コーナー〟は、がっかりするような代物であったが、お嬢さんが写真はＯＫ、手にとってごらんくださいとあけてくれるばかりか、撮影の手伝いまでしてくれ、私には何よりそれが嬉しかった。

旅へ出てよかったというのは、要するに、こういうことである。

そのうちに、お嬢さんが退席し、私が写真を撮りまくっていると、頭の禿《は》げた堂々たるおっさん登場。

図書館の館長さんである、と言う。

ついでに、日本人は他にも来たよ、と余計なことを言う。

どこのどいつだ、そいつは？　と逆上しかかるのを無理に抑えて、

「へえ、誰ですか？」

ぐらいの笑顔で訊く。

「ABE　MASAKI」

へえ。

先鞭《せんべん》をつけたのは私ではなかった。ＡＢＥ氏とはいずれ決着をつけねばなるまい（何のダ？）。

## 図書館と幼き頃の家々

ラヴクラフトの翻訳は世界各国で出ているらしく、そのコーナーに揃っていたものだけでも、ドイツ、ベルギー、オランダ、スペイン版等があった。

どれも表紙イラストのタッチが違っていて面白いが、デザイン的に眼を見張るようなものはない。やはり、「旧支配者」たちに捉われて、イメージの振幅が弱い。

ひとしきり写真撮影を終えると、館長さんが、私室へ案内してくれた。何でも、ラヴクラフトの生原稿はそこに保管してあるという。

ホクホク顔でついていくと、まず、別のものが眼に入った。

部屋の隅に置かれた本箱をびっしりと埋めた本の列――創土社の「ラヴクラフト全集」、創元推理文庫の「ラヴクラフト傑作集」(このときはまだ『全集』ではなかったはずだ)、月刊ペン社の「幻想と怪奇」、今は亡き「幻想と怪奇」誌、この他、ラヴクラフトの短篇が掲載された「HMM」等。館長さんに渡した創元版二冊を、思わず取り返して照れ笑いを浮かべたくなるようなコレクションが勢揃いしていたのであった。

これも、ABE氏のものだろうか。

普通なら、大した情熱、と感服するところだが、根がひねくれている上、ジョン・ヘイ図書館《ライブラリー》一番乗りを奪われて不貞腐《ふてくさ》れた私は、

「ふん、暇なヤローだ」

と悪態などつき、憂《う》さを晴らしたのである。我ながら情ない。

館長さんに言わせると、

「日本語を読める人がいない」とのことで、ここに飾ってあるらしい。何はともあれ、この別格扱い、嬉しいというのか、日本語は島国言葉だと哀しんだらいいのか。私はヘソ曲がりだから、当然後者である。わあ、哀しい。

この本棚で私の眼を引いたのは、しかし、実のところ、日本の書物ではなかった。こんなもん、家に行きゃいくらでもあるかもね。

写真9　館長室の日本語版コーナー
（右上２段めに『暗黒の秘儀』（創土社）が見える）

そこに置かれた一体の胸像は、明らかに、ラヴクラフトの顔をデフォルメしたものであった。

許可を得てかかえてみると、ずっしりと重い。金属物である。

「コレハ何デスカ？」と流暢《りゅうちょう》な英語で訊く。

「世界ファンタジー大会の賞品だよ」

「ホエエ」

そのうち、館長さんは別室から、何十枚もの紙束を運んできて、デスクへ乗せてくれた。言うまでもなく、ラヴクラフトの生原稿である。

いや、その細かいこと。

私も太い枠の大学ノートなら、一ライン三行は書けるが、ラヴクラフトの字の細かさは、それと比肩《ひけん》する。目下、国書刊行会から出ている『改訂版　ラヴクラフト全集』も、この原稿をベースにしたのだろうか。

ここで館長さんと記念写真を撮り、私は図書館に別れをつげた。最後まで、受付のお嬢さんの笑顔が追ってきた。女は愛嬌《あいきょう》と言うが、本当である。他はみな余計だ。

残るは、ラヴクラフトの住居と、ベニフィット街道辺の散策である。

私の知る限り、プロヴィデンスに残る彼の住居は四つ。前記のプロスペクト街六五番地の家と、生家（エンジェル街四五四番地）、幼年期を過ごした家（同五九八）、それと、ニューヨークでの結婚生活に破れて帰郷後、しばらく住んだ家（バーンズ街一〇）である。

この最後の住居は、「チャールズ・ウォードの奇怪な事件」に登場するウィレット医師の住所にあたり、そのすぐ手前、プロスペクト街寄りの角家が、幼いチャールズ・ウォードを乗せた乳母車の通りすぎた〝二〇〇年の古さを誇る小農家〟である。

最初（一九八二年）に訪れたときは、この二つを見落としてしまった（『ラヴクラフツ・プロヴィデンス』の記載に気づかなかったため、つまり読みこぼしである）のだが、今回はばっちり。ただし、写真の家が〝白亜の小農家〟か否かは自信がない。また、バーンズ街十番地の家はさほど高級とも思えぬアパートで、ウィ

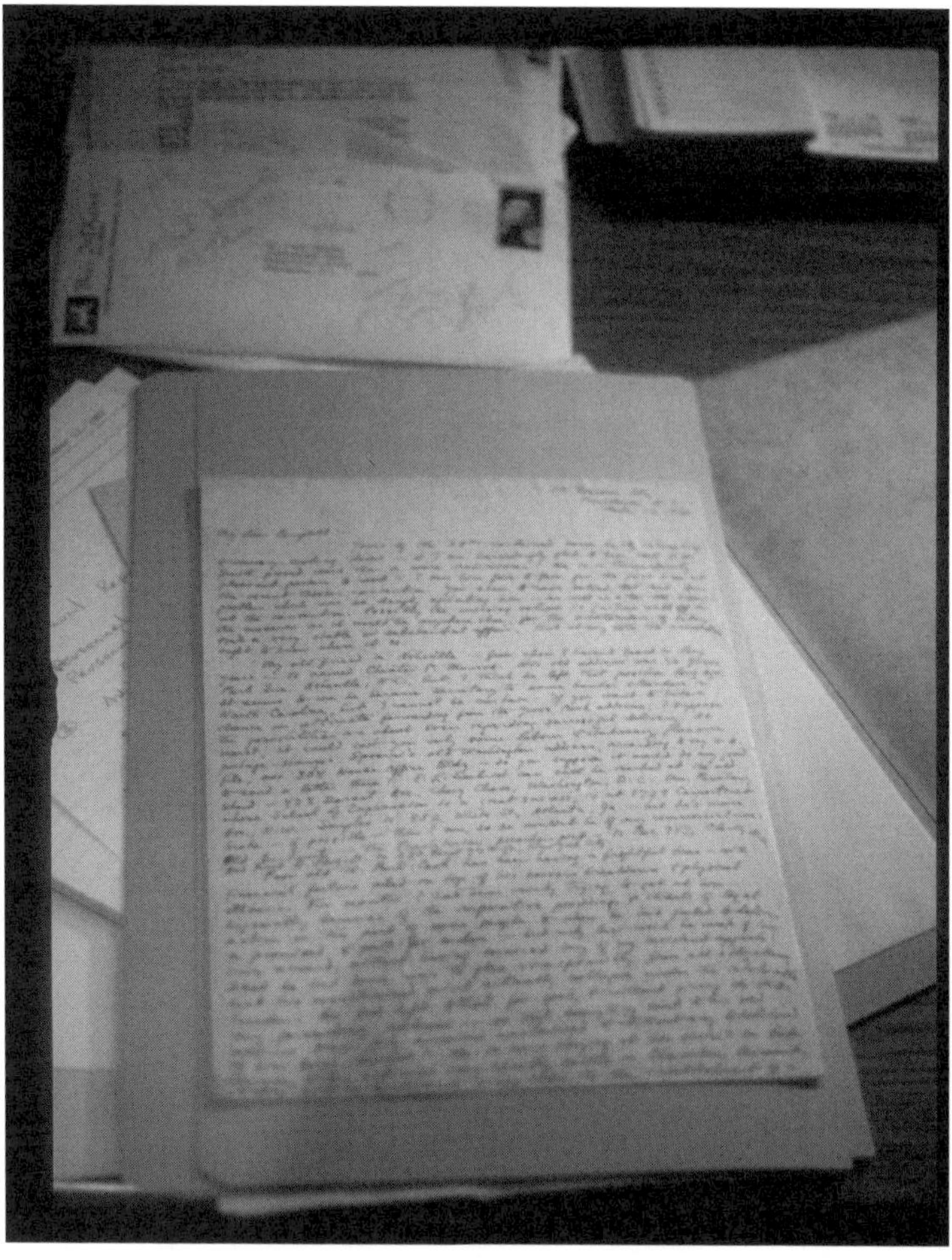

写真 10　ラヴクラフトの生原稿

写真11　標識

レット医師の住居にふさわしい品格はない。ラヴクラフトは、どんな選定規準を使っていたのだろう。案外、いい加減だったかもしれない。ともあれ、私と同行者は、エンジェル街の探訪から開始した。

これがハードであった。

歩きはじめて家のナンバーが、十番台だったのである。救いは、下り坂であることだが、言うまでもなく、帰りは上りになる。

家は道の左右に並んでいるから、距離的には半分で済んだものの、それでも二〇〇軒から二四〇〜五〇軒の家を越していかねばならない。F・B・ロングの著書に、家の写真がついていなかったら、行く気になれなかったかもしれない。

つまり、出かけたのである。

生家はかなり大きな家だったらしいが、今はホテルともオフィス・ビルともつかぬ建物が、その地所を埋めている。ここは二度訪れたのだが、どうしても、正体が掴めなかった。後に生家の写真を見たが、優雅な豪邸である。それだけに、以後の人生はしんどかったかもしれない。

父母の死後、ラヴクラフトはここを出て、さらに離れた幼年期の家へ移る。

生家は大通りに面していたが、こちらは、さらに二〇分ほど歩いた閑静《かんせい》な住宅地の奥に位置していた。

写真12　幼年期の家
（手前の階段を上った部屋がラヴクラフトの住いだった）

ラヴクラフトの通った小学校も近所にあるはずである。

淡い紺色のペンキに塗られた建物は、なかなか立派に見えたが、同じ型の入り口が左右についていることから、すぐにアパートと分かった。

となると、問題はどっち側に住んでいたか、である。『ラヴクラフツ～』に記載はなく、ロングの著書にも解説はなしなので、仕方なく両方見て回る。

右側には居住者がいるようだ。残りは左の部屋。

こちらは空き部屋だった。玄関へ入る階段の途中にモップが立てかけてあり、窓ガラスには「貸します《フォーレント》」の貼り紙。それも、薄くて判読しにくい手描きである。ドアや窓から覗いたが、中には家具ひとつなかった。ま、他人の部屋でも間取りぐらいは分かるだろうと写真に撮ったものの（後にナンバーからラヴクラフトの部屋と判明）、ラヴクラフトは一生、家も持たすに終わったことが、私の胸を暗たんとさせた。

誰がどんな人生を送ろうと、とやかく言う筋合ではないが、やはり、胸を風が吹いた。

帰り道、『ラヴクラフツ〜』を頼りに、私は彼の通った小学校を尋ね歩いたが、どうしても見つからない。銘板もなかった。

勇を鼓《こ》して、その辺に固まっている正体不明の兄《アン》ちゃんたちに訊いてみると——これもよく分からない。

どうやら、無いと言ってるらしい。

はァ、そうですか、てなもんである。

熱い日射しに追われるようにして、私たちはカレッジ・ヒルを上りはじめた。

行く手には、ラヴクラフト最後の住居と、あの、モーゼス・ブラウン・ハイスクールが待っているはずであった。

## ウィルコックスの奇怪な家

モーゼス・ブラウン・ハイスクールへ辿り着く前に、私はラヴクラフトが通ったという小学校を探してみた。

陽射しはかなり強い。空気も何もかも白く染まって見える程だ。単なる観光ならとうに、ずらかってしまうのだが、ここまで来たら乗りかかった船である。沈没しても降りない主義だ。

『ラヴクラフト・プロヴィデンス～』の地図を頼りに歩き回るが、それらしいものは見当たらない。

そのうち、同行者があったという。

「どれどれ」

見ると、確かに学校らしい荘重な石づくりの建物が並んでいる。

「あった、あった」

と素直に喜んだものの、よく見てみると、小学校にしてはかなり大げさだし、住所も違う。

車で通りかかった外人のおばさんに、

「おばさん、これ、どこやねん？」

と地図で示しても、

「アイ・ドント・ノー」

と肩をすくめて、首をひねるばかりだ。

「四〇年前、小学校があったんや」

「オー・アイ・ドント・ノー」

とうとう万歳《ばんざい》をはじめたので、私はあきらめ、別の道を探しに出かける。

どうしてもない。

それらしい住所には、市民会館みたいな建物が建っているばかりだ。

その前に何人も若いのがたむろしていたので、うち一人をつかまえ地図を見せると、何だかよくわからないが、ペラペラと愛想よく教えてくれた。

後から考えると、

「ラヴクラフトの学校はもうないよ」

と、言ってたらしい。

こうなっては、やむを得ず、私たちは坂道を登っていった。

モーゼス・ブラウン・ハイスクールは丘のほぼ中央にあった。

石の門に古風な銘板が秋の陽を浴びている。

木々の間から校舎が見えたが、入る気にはなれなかった。授業中かも知れない。

二度目の旅行の際、私が訪れたいと思っていたのは、前回見逃した白亜の小農家と、バーンズ街十番地の家であった。

最後の家は、結婚生活に破れて帰郷したラヴクラフトが、しばらくの間住んでいたところであり「チャールズ・ウォードの奇怪な事件」の医師ウィレットの住所にあたる。

これがなかなか見つからない。

バーンズ街十番地の近くは道路工事の最中で、もう取り壊されてしまったかと思ったが、原因は私の早とちりであった。

ものの本に、家だ家だと書いてあったため、一軒家を連想してしまったのだ。

執拗に住居ナンバーを辿った末に見つけたのは、その辺にいくらでもありそうなアパートであった。

さて、最初の旅行にタイム・トラベルしよう。

ベニフィット街をカレッジ街の方へ下るとトマス街へ出る。

ここの七番地が、「クトゥルーの呼び声」に登場する狂気の画家H・A・ウィルコックスの下宿に相当する。

いきなりH・A・ウィルコックスときてもわからない人が多いだろうが、要するに「クトゥルーの呼び声」に登場する狂気の画家。もう少し詳しくいうと、クトゥルーを封じ込めた海底王国ルルイエが浮上し、クトゥルーが覚醒したとき、その精神波の放射を受けて世界中に異変が起こった。

その最も顕著な例は、感受性に富んだ芸術家肌の人々が例外なく見た悪夢であり、ウィルコックス青年は見ただけで飽きたらずに、半狂乱の状態で、ついにクトゥルーの醜悪なる立像を彫ってしまうのである。

ところが、ベックウィズ・JRの本では、〝ベニフィット街の先〟と書いてあるが、通りの位置がない上、地図にも記されていない。

「なーに、行きゃわかるさ」

と気楽な気分で出掛けたものの、いざ、この辺だろうと当たりをつけた通りは、パワー街であったり、ウィリアムズ街であったりした。

「何だ。話がちがうじゃないか」

と私は腹を立て、同行者に八ツ当たりしたが、通りの銘板をじっくりと見ているうちに、ようやく事情が判明した。

私は通りの名前は一本にひとつと思いこんでいたのだが、高瀬川が嵐山の渡月橋付近を境に桂川と変わるように、ウィリアムズ街はベニフィット街とぶつかった途端、トマス街と変身するのであった。

トマス街七番地の銘板が見つからなくても、ウィルコックスの下宿はすぐわかる。いかにも、おかしな奴が下宿しそうな建物である。

〃ヴィクトリア朝期に流行した擬似一七世紀フランス様式で、正面を化粧漆喰《しっくい》で塗り立てた醜悪な姿をさせている〃フレール・ド・リース館と呼ばれる建物だ。

壁面はすべてウィルコックスが彫ったような奇態な彫刻で埋められ、しかも色とりどりと来ている。なるほど絵になりますな。

ラヴクラフトは、いつか、ここを使ってやろうと思いながら、プロヴィデンスを彷徨していたのであろう。

この建物の数軒上――ベニフィット街寄りにプロヴィデンス美術スクールがあり、幼少のラヴクラフトはここへ通って天分を発揮したという。

海の向こうの男に、この建物のことを書き記した作家は五〇年前に死んだが、建物は今ものこり、白い光の中に眠っている。

後日、「幻想文学会」の会合でスライドを見せたとき、一発で建物の素性を当てられ、私は嬉しかった。

この一事だけで、ラヴクラフトがモデルに使った甲斐があったというものだろう。これで見るものは見たと、私たちはホテルへ戻った。

次はいよいよ、フェデラル・ヒルの散策である。

写真13　ウィルコックス青年の家（フレール・ド・リース館）
（撮影：Daniel Case）

## フェデラル・ヒルより

ラヴクラフトの傑作のひとつに数えられる「闇をさまようもの」で、フェデラル・ヒルの位置と光景は次のように語られている。

遙か彼方、広びろとした郊外の紫がかった斜面が、地平線を形成している。その斜面を背景にして、およそ二マイルほど手前には、フエデラル・ヒルの幽霊めいた円丘がもりあがり、屋根や尖塔がひしめきあっているのだが、遠くから眺めるその輪郭は、渦を巻いて昇る町の煙につつまれるまま、神秘的に揺らめき、奇異な形をとりつづけるように見えた。ブレイクは、実際に見つけだして入りこもうとするなら、夢と消えるか消えぬか定かでない、何か未知の霊妙な世界を覗きこんでいるような、妙な感じがしたものだった。（『ラヴクラフト全集3』創元推理文庫／大瀧啓裕訳＝以下同じ）。

若き作家ロバート・ブレイクは、一九三四年から三五年にかけての冬にプロヴィデンスへ戻り、カレッジ街のはなれに建つ古びた住居の上階を借りて住む。仕事をしながら、彼は彼方に望むフェデラル・ヒルの幽玄なたたずまい――後に黒い大きな尖塔を持つ古びた教会の廃墟に魅かれて、その忌まわしい場所へ忍び込む。書架を埋める「エイボンの書」「屍食教典儀」「無名祭祀書」、失踪した新聞記者の白骨。そして、金属製の函《はこ》に収められた奇怪な多面体の石。……教会から謎めいた革装丁の本を持ち出したブレイクは、それを解読するうちに、自分が妖しい存在に狙われていることを知る。超太古に棲息し、つい先頃まで教会の塔の内部に身を潜めていた邪悪なるもの……。

夏の夜の午前二時一二分、町中の電燈が消え、三五分には教会の塔内から異様な物音が響きはじめる。やがて、塔から煙の塊と覚しきものが東の空へ飛び去り、町はようやく平穏を取り戻したが、翌日の晩、ブレイクの部屋を訪れた学生たちは、凄まじい恐怖の痕跡を留めた彼の死骸を発見する……。

一読すればお判りの通り、ラヴクラフトは、フェデラル・ヒルとそこに建つ妖しい教会のみを舞台——というよりテーマ——にして、後年の代表作のひとつを生み出した、

プロヴィデンスの旅の終結は、やはり、ここがふさわしいだろう。「闇をさまようもの」によれば、この土地は〝広範囲にわたるイタリア人地区であるものの、建っている家の大半は、イタリア人より古くイギリス人やアイルランド人が入植した時代の名残りである〟。

ホテルの地図で見ても、イタリア人街だと記されていた。

正直に告白すると、私はこの、最初の旅行時に、「闇をさまようもの」を完読していなかった。当時、この作品が読めるのは、創土社の『ラヴクラフト全集』のみであり、さすがに、旅行には携帯できなかったのである。従って、小説中の文章もうろ覚え、フェデラル・ヒルが出てくる、ということしか頭にない有様。

とにかく、夕刻に出掛けてみた。

小説の描写がない限り、さして見るべき場所もなかった。

大通りをずっと奥まで進むと、やがて、舞台となった教会のモデル——聖ヨハネ・カトリック教会（写真14）が見えてくるのだが、初回の訪問時にはそれさえも気づかず、ふむ、こんなもんかいな、で終わりだった。ただ、小さなレストランで摂《と》った夕食のサンドイッチの量が彪大《ぼうだい》で、女性店員の感じがよかったことだけは覚えている。

さて、話は未来へとタイム・スリップし、二度目の訪問に移る。

このとき私は、創元版を持参しており、教会の建っている場所は〝アトウェル街〟だと書いた「あとがき」を頼りに、手持ちの市街図をひっくり返し、ついにこの場所を探り当てたのである。だから、どうということもないが。

創元版には教会の写真まで付いていた。通りを進むにつれ、その姿が小さく浮かび上がり、やがて黒々と、大きく、くっきりと近づいてくる。——これはなかなかの興奮であった。

ブレイクの心を最も惹きつけたのは、黒ぐろとした巨大な教会だった。（中略）汚れはて黒ずんだ正面、そして大きな尖頭窓《ランサット》の頂部に勾配急な屋根を斜《はす》に覗かせる北に面した部分とが、まわりにひしめく棟木《むなぎ》や煙突の通風管をしのいで、立ちまさっている（中略）ことさら気味悪く、いかめしい姿をしたこの教会は、どうやら石造りらしかったが、一世紀以上の歳月にわたって風雨と煙にさらされ、風化するとともに汚れきっていた。（中略）一八一〇年ないし一五年頃に建てられたものらしかったこの描写につけ加えることはあまりない。すでに廃棄された建物らしく、窓には板が打ちつけてあった。ラヴクラフトには格好の素材であったろう。知り尽くした街の知り尽くした建物――頑《がん》として存在する

写真14　聖ヨハネ・カトリック教会
（この尖塔の空に今も忌わしい生き物が……）

ということの事実が、その上で破天荒な物語を膨らませ得る絶対の基礎となる。彼は安堵にも似た気持を抱きながら、筆を進ませていったことだろう。

ロバート・ブレイクは、この教会について、通りかかった警官に質問するが、十字を切り、低い声で、恐しいほど邪悪な存在がかつて住みついていて、いまもその痕跡を残しているのだと答える。

私も誰かに訊いてみたかったが、人通りがないのでやめた。

教会の周囲を回り、写真を撮りまくった後で、私と同行者はフェデラル・ヒルの街並みを歩いた。イタリアン・レストラン、古書店、カンフーの道場、骨董《こっとう》品店……。何処にもあるたたずまいの家々。小説は小説、現実は現実である。

通りを一歩入ると、古ぼけたアパートや家々がつづき、小さな子供たちの集団が遊んでいる。ひとりに笑顔を向けると、「チャイニーズ！」と叫んで、にやりと笑った。

また、夕暮れが迫っていた。

フェデラル・ヒルは薄闇の中に眠っているようだった。崩れ落ちそうな石塀の中にかけられた洗濯物が、折から吹いてきた風にゆれていた。

子供たちの他に通行人はいなかった。奇妙な荒廃と、その中に、しかし、確かに人間のいることが感じられるのだった。

それは、あくまでも現実のもつ雰囲気であり、ラヴクラフトの小説世界のものではない。何処でもそうなのだ。こういう町並みや場所は、アメリカの何処にもあり、そのどれもが、こんな時間にそんな雰囲気を漂わせているのだった。作家の実力だけが、それを忘れ難い異界と変える。

私たちは大通りに戻り、フェデラル・ヒルを下った。

二度と来ることはないだろう。――旅につきものの感情が、ここでも湧いた。


二度目の旅の途中、私たちは駅近くの通りで見つけた日本料理屋に入った。

店員はもちろん日本人で、何故か、日本人は迷惑だとでも言わんばかりの、凄まじい仏頂面をしていた。

寿司がやってきた。

恐ろしくでかい。アメリカ人用だろう、ネタそのものは新鮮だが、とても全部は腹に収まらなかった。これを平気で平らげたとき、日本人はアメリカ人と喧嘩して引き分けに、お代わりを要求したときに、勝てる。

外谷順子など、生まれつき勝ってるくらいである。

食事中、ブラウン大学へ留学しているらしい若いのが現れ、観光で来た、と言うと、

「え、プロヴィデンスへ⁉」と眼を丸くしていた。

ここで、プロヴィデンスの街とはお別れである。

次は「クトゥルーの喚び声」に登場する港町ニューポート。そして、かの名高きアーカムのモデルとされる魔女狩りの町、マサチューセッツ州セイラムの登場である。

## 港町ニューポート

ラヴクラフトの故地巡りは、いよいよ、プロヴィデンスから外界へと一歩を踏み出すこととなったが、その前に、前回書き残したことを付記しておく。

まず、ラヴクラフトが好きだったという、運河に面した一角。ここは、煉瓦造りの裁判所や黄金色のドームが美しい銀行等が軒をならべ、運河の対岸から眺めると、確かに古風荘重の趣きがある（写真15）。

ところが、二度目の訪問時には、不届きにも、その斜め前に、正体不明のガラス張り大ビルディングが傲《ごう》然《ぜん》とそびえ、最もいい角度からの眺望を妨害しているではないか。疲労感と失望はじき怒りに変わった。

ラヴクラフトが好きだった眺めだぞ、と文句を言ってもはじまらないし、言うべき筋合いのものでもないが、それにしても、ねえ、である。ほんと、疲れたよ。八月の熱い昼下がりのことだ。

ラヴクラフティアンで、その故地を訪ねてみようかと考えている方には、できる限り早急な旅をお勧めする。交化的、経済的（観光客誘致とか）メリットを重視して、ラヴクラフト関係の建物や史跡を残そうとする有力者でも現れない限り、プロヴィデンスは着実に、怪奇作家の世界から遠ざかりつつある。

今ならまだ間に合うだろう。失くしたものは帰らない、と感傷にふけるのはその後だ。

少なくとも、この作家の作品と出合わなければ、プロヴィデンスの名も知ることがなかった。そこに記された風物を失えば、プロヴィデンスは、ボストンに次ぐニューイングランド第二の都会という名誉（？）し

写真15　プロヴィデンスの街並み
（ラヴクラフトが愛した風景。現在はこの角度からは眺められない）

か持たない平凡な地方都市に留まる。

一九八二年九月十五日。第一回滞在の三日目、私はプロヴィデンスのバス乗り場から、港町ニューポートへと向かう車両に乗り込んだ。

ニューポート・ジャズ・フェスティバルで有名なこの街は、プロヴィデンスからほぼ東南に下ったナラガンセット湾（出ました！）中の半島にある港市で、人口は三万弱。アメリカで最もぜいたくな避暑地のひとつとされている。大金持ちの大別荘や高級ホテルが軒を連らね、ロバート・レッドフォード主演の「華麗なるギャッビー」に登場する大邸宅は、そのひとつを借り切って撮影されたものである。

寡聞《かぶん》にして、ラヴクラフトがこの地を訪れたかどうかは知らないが、バスで二時間足らずの距離である。ひょっこり出向いた可能性は高い。

ただし、作品の舞台となったのは、私の知る限り――読書量不足を露呈してしまうが――「クトゥルーの呼び声」一篇であり、それも、さして重要な役どころにはなっていない。

思うに、神がわれわれに与えた最大の恩寵《おんちょう》は、物の関連性に思いあたる能力を、われわれ人類の心からとり除いたことであろう。人類は無限に広がる暗黒の海にはただ《無知》の孤島に生きている。（創元推理文庫『ラヴクラフト全集２』宇野利泰訳）

有名な冒頭ではじまる「クトゥルーの呼び声」は、日本の信者に、恐らく、全世界に忍びよる宇宙的規模の恐怖を「邪神＝怪物」として、はじめて知らしめた作品である。

舞台はニューイングランドからニューオーリンズ、南太平洋へととび、ノルウェーのオスロで一旦の終結を迎える。

初出は早川『ミステリーマガジン』（一九七二年十二月号まで三回分載）の矢野浩三郎訳「クトゥルーの呼び声」だが、これを見逃し、創土社版『暗黒の秘儀』やら『ラヴクラフト全集』で、「ダンウィッチの怪」や「チャールズ・ウォードの奇怪な事件」等のニューイングランド・テールズを先に読んでいた私は、そのスケールと作風に、意外な感を抱いたものである。

なんと、真っ当な小説であることか。

クトゥルー、ルルイエの描写の凄味はあっても、ここでは往年の、例えば、「ダンウィッチの怪」に見られる狂的なものを、作家としての計算が見事に抑えている。これは、主人公が事件の当事者ではなく、彼の調査者という形式をとっているためであろう。私なら、そしてこれ以外のラヴクラフトなら、それでも調査中の主人公に怪異を叩きつけたかもしれない（私ならそうしたろう）が、「クトゥルーの呼び声」のラヴクラフトはそれもしない。

森閑としたドキュメンタリー・タッチが、この作品の真髄である。記録と言ってもいい。抑えられる作家というものは怖くて羨ましい。

ひとつひっかかったのは、意外やクトゥルーの描写で、どう見ても、でかいだけの能無しである。地球を破滅させるほどの力を持ち、この瞬時の復活に際して、世界中の〝敏感な〟人間を狂わせたほどの神が、どうして快速船風情《ふぜい》に逆襲され、取り逃がしてしまうのか。――多分、腹が減って力が出なかったのだろう、と考えて、私が執筆したのが『妖神グルメ』である。

それはさておき、「クトゥルーの呼び声」の最初の舞台となるニューイングランドの都市が、ニューポートなのである。

主人公の叔父ジョージ・ガメル・エインジェル教授が、港からウィリアム街の住居へ戻る途中、暗い路地から出て来た黒人に突き当たって昏倒《こんとう》――死亡する。唯一の身寄りたる主人公は教授の遺品を整理するうちに、鱆《たこ》と竜《ドラゴン》と人間のカリカチュアを一緒くたに表現したような薄肉浮彫りの粘土細工を発見し、恐るべき真相に迫っていくのだった……。

さて、早目に結論を言ってしまうと、ウィリアム街というのは、どうしてもわからなかった。見つからなかったと言ってもいい。地図を買えばいいのだろうが。ウィリアム街のために、そうする気にもならなかっ

た。私はその程度のファンです。ご了承ください、

バスは森を抜け、幾つもの湾を渡り――と、書くと日本にもいくらでもありそうだが、なにせ、スケールが違う。

遙か彼方はヨットが群れをなして浮かび、その向こうには緑の森と半島。いや、大きなこと。

約二時間後、バスはニューイングランド風切妻屋根の建物が立ち並ぶ街へと入り、だだっ広い広場の一角に停車した。

ここがニューポートである。広場の回りには古ぼけたレストランと得体の知れない建物。

右も左もわからない私と同行者は、とにかく賑やかな方へ行こうと、小ぎれいな建物の林立する坂の下――広場は傾斜地の中ほどにあった――へ歩き出した。

リゾート地だけあって、商店街は清潔で美しい。

ビジターズ・センターが見つからないので、商店のひとつに入って、一日で見物するにはどうするのが一番いいか、きいてみる。

「車をお持ち?《ハブ・ユー・ア・カー?》」

「のう」

カウンターの向こうでお母さんは肩をすくめて、(車が)なければ(ここは)広すぎる、という意味の英語を放つ。ま、そんなものでしょう。

ニューポートのガイドブックを買って外へ出る。

道を下るとヨット・ハーバーだった。

びっしり。

湾に沿って歩く。家並みと芝生のきれいなこと。

〝オモチャのような家〟という言い方があるが、まさにその通りだ。「クトゥルーの呼び声」のイメージとはどうしても結びつかないのである。

ガイドブックを広げ、名所旧跡が近所にないかと探すと、「ミステリー・タワー《MYSTERY TOWER》」というのがある。

歩き出すと、いきなり後ろで日本語。

呼び声だったようだ。家族連れである、まさか、こんなところにまで足を伸ばす旅行者がいるとは思わず、大いにびっくりした。

「ミステリー・タワー」は歩いて三〇分ほどの住宅地の一角にそびえる石づくりの塔で、六世紀ごろの遺物だというが、今では誰もその目的を知らない。ラヴクラフトならどのように小説に利用しただろうか。

特別に保護されているわけでもない塔の窓には、鳩が何羽もとまっていた。

これで、ニューポートはおしまいである。

帰りのバスを二、三時間も広場で待ってたのと、その間にレストランで食べたサンドイッチのまずかったことが印象に残っている。

怪しげな黒人とも出会わなかった。

私の小説なら、一日で一〇回は主人公が危険な目に遭うんだがなあ。

## インスマウスの影を探して――ニューベリーポート

プロヴィデンス周辺で、ラヴクラフトが作品の舞台に使ったといえば、ニューポートとニューベリーポート、そして、魔女狩りの街セイラムである。

ニューベリーポートは、いうまでもなく「インスマウスの影」の出発地点である。

精神病を患《わずら》い、両親とも狂気の果てに失ったラヴクラフトにとって、遺伝という問題は生涯ついてまわる恐怖だった。初期作品から、遺伝によって人間が退化していくイメージが執拗に現れるが、その行き着いた果てが、人間と半魚人の混血児が支配する港町インスマウスの物語である。

インスマウス自体は架空の存在だが、そこへ赴くべく主人公が乗り合わせるバスは、現実の街ニューベリーポートの《マーケット広場》――ハモンド薬局の前から発進する。

二度目の訪問時に、今度こそ足をのばしてと実行に移したら、いやあ、えらい目に遭った。

ボストンからバスで約二時間――到着した停留所から、ニューベリーポート市内までバスがなく、私は重いリュックを背負い、二時間も歩く羽目《はめ》になった。いや、あんなにきつかったのは、海外旅行ではじめての経験である。帰りに乗ったタクシーの陽気な運ちゃんによると、市内で走っているタクシーは彼だけという状況から察していただきたい。

死ぬ思いで小さな旅館に宿を取り、しかし、早速、市内地図を発見――マーケット広場から、「インスマ

写真16　「インスマウスの影」の主人公が泊まったYMCA

ウスの影」の主人公が宿泊した《YMCA》（写真16）、奇怪な黄金の冠が飾ってある《歴史協会》から、主人公がインスマウスを脱出する際に使ったあの《ボストン・マサチューセッツ鉄道》の線路と駅とを発見したときは、思わず歓声を上げてしまったものだ。

翌日、早速、マーケット広場を訪れたが、どこにでもある平凡な場所で、ハモンド薬局も無論なかった。七〇年も前の小説である。それでも徒歩一時間近くかかったが、ボストン・マサチューセッツ鉄道（廃線）の線路も写真に収めてきた。駅舎は跡形もなかったが、小説とは異なり、マーケット広場までは随分と離れている。

架空の土地へ赴くリアリティを増すために、現実の場所を利用するというのはよくやる手だが、ラヴクラフトの場合はこれが執拗で、気質的なものであることを物語っている。だから、南極を舞台にした「狂気の山脈にて」は十分に愉しめるが、全編幻想の地を扱った「無限境カダスを求めて」になると、正直私はついていけない。

## マサチューセッツ州〈アーカム〉へ

いよいよ、セイラムである。

ラヴクラフト・ファンなら、この街のもうひとつの名が、たちどころに浮かんでくるはずだ。

つまり、〈アーカム〉である。

マサチューセッツ州アーカム。——H・P・ラヴクラフトの、いわゆる〝ニューイングランド怪奇譚〟の中核ともいうべきこの汚怪な部分は、最初一九一九年七月号の「ナショナル・アマチュア」に発表され、後、「ウィアード・テイルズ」一九二四年一月号に掲載された短編「家の中の絵」において、はじめて登場する。

これがどんな中核かというと、ソールトンストール街にはラヴクラフト作「闇にささやく者」の主人公アルバート・N・ウィルマースの家があり、クレイン街には「超時間の影」の主人公ナサニエル・W・ピースリー教授の家、ピックマン街とパーソニッジ街に面して、稀代の魔女ケザイア・メースンの住んでいた「魔女の家」があるという具合だ。

この街の恐怖の中心ミスカトニック大学には、ご存知『ネクロノミコン』をはじめ、フォン・ユンツトの『無名祭祀書』、ダレット伯爵著『屍食教典儀』、『エイボンの書』、『ナコト写本』等々、大学当局が不幸になりたくて集めたとしか思えないような本ばかりが揃っており、「ダンウィッチの怪」に登場する、異次元の生き物と人間の血を引いた怪人ウィルバー・ウェイトリー君は、『ネクロノミコン』を失敬しようとして忍び込み、番犬に食い殺されてしまう。

類は友を呼ぶのたとえ通り、郊外にも物騒な土地のオンパレード。――ダンウィッチ村をはじめ、「異次元の色彩」に出てくる焼野《ブラステッド・ヒース》は西の丘陵地帯、同じく西に「魔女の谷」と、ここで何かが起こらなければおかしいくらいのものである。

アーカムの位置は、ミスカトニック川の河口にあたり、東隣にキングス・ポートの街、アーカム街道を通って海岸線沿いに北上すれば、例の漁村インスマスへ出、もっと北へ進めば、ニューベリーポートに至る。

この街を代表する風景は、古めかしい切妻駒形屋根の家々であり、ラヴクラフトとオーガスト・ダーレス共作の「アルハザードのランプ」には、「中央部を暗い川の流れている、切妻駒形屋根の建物が立ち並ぶ古い町。それはどこかセイラムを思わせる町だろうが、それよりずっと奇怪で無気味な感じをたたえている」と記されている。

さて、冒頭にあるがごとく、アーカムはセイラムである。ラヴクラフトは魔女狩りの呪いが歴史に刻み込まれた実在の街を、自らの作品群の中核を成す都市のモデルに使った。

私は二度、ここを訪れている。

最初はＳＦ大会《コンベンション》に出席したボストンからの列車で。次はプロヴィデンスから、やはり汽車に揺られての旅であった。

はじめて、セイラムのプラットフォームへ降り立ったときは驚いた。

君はどんな場所を想像するか？

小さな売店、水飲み場、鏡、駅員、魔女狩りの街にふさわしい派手な観光ポスター——どれひとつなかった。

本当に何もない。あ、ベンチだけあった。

改札口など無論見当たらず、殺伐《さつばつ》たるフォームの端に石段があるだけ。

同行者と顔を見合わせ、とにかく上がってみる。

また、びっくりしたね。

そのまま出てしまうのである。つまり、道路から石段を降りたフォームが駅の全景であり、そこと外部の道との間には、切符を受け取る改札口ひとつないのである。

もちろん、これでは、他所から来られても、こちらから何処へも行けない。切符が買えないからだ（実は、列車内で買えばいいのだが、最初はわからなかった）。従って、私たちの知らない場所に駅舎があることになる。

しかし、二度にわたる訪問の間に、とうとうそれらしい場所は見当たらなかったし、今でもあるとは思えない。要するに、この街は、まるで山っ気がないのである。

だから、というわけで、駅を出てもビジターズ・センターはおろか、地図一枚、立て札ひとつ見当たらない。

右へ行けばいいのか、左が正解か、さっぱりわからないのである。

これは本当に困った。

辺りを見廻すと、貨車（トラックだったかもしれない）の上にシャツ姿の若いのがいたので、駆け寄って「魔女の家《ウィッチ・ハウス》」は何処だ？　と聞く。

指さして教えてくれた。

プロレスラーみたいな体格と顔の割に、おとなしく親切な男で、こちらが旅行者とわかると「いい《ハブ・ア・ナイス》週末を《ウィークエンド》」と送ってくれた。人間、顔ではない。

言われた方角へトコトコ歩いていくと、手持ちの本に出ているエセックス街があった。左折。

街自体に、格別おかしなところはない。平凡な田舎町である。

一六九二年に行われた大規模な魔女狩りは、世界の暗黒史とＨ・Ｐ・ラヴクラフトに格好のイマジネーションを与えることになった。

すなわち、この街の名だたる魔女たち――ランドルフ・カーター（「ランドルフ・カーターの弁明」ｅｔｃの主人公）の先祖エドマンド・カーターと魔女ケザイア・メーソンはアーカムへ、チャールズ・ウォード（「チャールズ・ウォードの奇怪な事件」の悲劇的主人公）の先祖のジョセフ・カーウィンはプロヴィンデンスへ、ウェイトリー家、ビショップ家の一族はダンウィッチへ逃亡したのである。小さな町にこれだけおかしな連中がいたとは驚くべきことで、悪魔や妖怪は、連中のごとく彼らに呼び出されて出張に大わらわだったに違いない。

通りの左側には映画館が建ち、二度目の訪問時には、バート・レイノルズ、ドリー・バートン主演の『テキサスの売春窟』（原題直訳）をやっていた。

右の家並みには古書店があり、何か掘り出しものは、と意気込んだが、ショーウインドウに仰々しく飾られていた本が、もう何年も前に旧「イエナ」書店で買ったデニス・ギフォードの『ムービー・モンスターズ』だったので、すぐにあきらめる。

エドガー・アラン・ポーの処女作「グロテスクとアラベスクの物語」の初版本は、ある田舎町の古書店の奥から見つかったというが、そんなロマンとは縁のなさそうな古書店であった(縁のある古書店とはどんな店だ⁉)。

五分と行かないうちに、小さな交差点と緑の村々——そして、その背後に、それらしい黒い建物が見えてきた。

看板がかかっている。

「WITCH HOUSE」——魔女の家《ウィッチ・ハウス》である。

ここは、一六九二年に最初の魔女たち三名が逮捕されてはじまったセイラムの魔女裁判——その陪審員に選ばれたジョナサン・カーウィン(⁉)の屋敷で、魔女たちへの予備審問が行われた場所である。

ここで「セイラムの魔女裁判」の経過を簡単に説明しておこう。

当時、セイラム在住の牧師サムエル・パリスの家には、ブードゥーの儀式をよくする黒人奴隷がいたが、その中の一夫婦から、魔女物語をきかされ、儀式の見学を許されていた街の娘たちが心理的に影響され、ヒステリックな言動を示すようになった。

一六〇〇年を中心とする一世紀間は、ヨーロッパ中に魔女狩りの嵐が吹き荒れていた時代である。一六一五年から五五年にかけて、ストラスブルグでは五〇〇〇人、ヴェルツブルグでは八〇〇人、バンベルクでは一五〇〇人が処刑されたという。

実験哲学の歴史の上で重要な地位を占め、ロンドン王立学会員に選ばれたジョセフ・グランヴィルは、その科学の殿堂に名を連ねながら、魔女迷信を熱烈に擁護する一編「霊魂滅亡論への一撃」をものした。その中で、彼はこう書いている。

あらゆる歴史はこの闇の仲介者（魔女のこと）の所業に満ちあふれている。あらゆる時代の人々、それも素朴野蛮な世界の人々でなく、もっとも進歩し洗練された世界の人々が、彼らの奇怪な行為を証言しているのである……

すでにイングランドでは終焉を迎えつつあった魔女狩りは、この文章がいみじくも語ったように、あらゆる時代の、もっとも進歩し洗練された世界――一七世紀末のニューイングランドに、おぞましい小波《さざなみ》を広げていくのである。

パリスの九歳の娘を含む少女たちは、魔女の妖術にかかったのだと噂され、一六九二年の二月二九日に最初の魔女三人が逮捕されたのをきっかけに、三月一日から裁判がはじまった。

新大陸から最初に選ばれたロンドン王立学会員コットン・メザーが、この忌まわしい事件の中心人物となる。

『妖術と悪魔つきに関する注目すべき神慮』（一六八九年）を著わし、その方面の学問的権威と認められていた彼は、知事がセイラム事件についての意見を求めたとき、たちどころに「敏速かつ活発な起訴」をすすめた。

こうして、魔女狩りは、燎原《りょうげん》の火のことくボストン、アンドーヴァー、グロスター、ソールズベリーと周辺地帯に広がり、容疑者はたちまち二〇〇人に及んだ。最初に有罪とされた三一名のうち、その年の六月一〇日から九月二二日にかけて二〇名が絞首刑に処されたという。

ニューイングランドを愛し、この地を舞台に数々の傑作をものしているラヴクラフトが、魔女狩りの暗黒にどれほどの昏《くら》い情熱をたぎらせたか、考えただけで、こちらまで嬉しくなってくるではないか。

## マサチューセッツ州アーカムにて

ラヴクラフトが、この町に源流を発する〈魔女裁判〉に強烈な関心を寄せていた事実は、かの長編「チャールズ・デクスター・ウォードの奇怪な事件」(創元社版『ラヴクラフト全集2』所載、国書刊行会『定本ラヴクラフト全集4』では「狂人狂騒曲」)を思い出していただきたい。ラヴクラフト自身をモデルにしたようなディレッタント青年、チャールズ・デクスター・ウォードの祖先にして彼を昏い運命へ陥れる魔道士ジョセフ・カーウィンは、実在した魔女裁判の異端審問官のひとり、ジョナサン・カーウィンから採られているのである(もうひとりの有名な裁判官にジョン・ホーソーン判事がいる。作家のナサニエル・ホーソーンの先祖である)。この人物は、一六九二年に住民の怒りを買って、プロヴィデンスへ移ったという。

なお、「魔女の家《ウィッチ・ハウス》」は、カーウィンの家であり、一六七五年に建築された位置は、現在のものより、やや北寄りであった。ラヴクラフトの傑作とされる「魔女の家の夢」(創元社『ラヴクラフト全集5』所載、国書刊行会の『定本ラヴクラフト全集6』では「魔女屋敷で見た夢」)のモデルはここであり、ラヴクラフト研究家フィリップ・A・シュレフラーによると、南向きの屋根裏の壁は小説通り(ただし小説では北向きの壁)に傾斜し、外壁と内壁の間には、三角形の空間があるという。ただし、私が「魔女の家の夢」を読んだのは学生時代であり、こういう細かい描写は忘れ果てていた。

私は早速、「魔女の家」へ入ろうと勇み立ち、受付へ行くとピンクの一八世紀風（かな？）衣裳をつけたおばさんが二人いて、今別の団体が入ったばかりであるという。

やむを得ず、隣側の教会などを見上げ、さらに隣りにある「ロープ・マンション」とやらに入った。

ここにもおばさんがひとり（普通の恰好）いて、あれこれ親切に家の由来から、昔の住人のことなどを話してくれるのだが、いかんせん資料も何もないため、まるで聞きとれない。とにかく由緒ある家らしく、退屈していたらしいおばさん（我々がいる間、次の客は来なかった）が、情熱をこめて話しまくるため、うむうむそうか、とにこやかにうなづき、あの絵立派だな、凄いわいなどと関心を示して、約三〇分後、我々はおばさんの満足げな微笑に送られつつ、マンションを出たのである。

「今、何と云ってたんだ？」

と同行者に聞くと、

「わからないわよ。そんなこと。何か、家族が住んでたらしいわ」

「あたりまえだ。おのれは」

ま、我々の英語力だとこの程度のものです。少し、外をぶらつくと、「魔女の家」の入場時間になった。

おノボリさんらしいアメリカの入場者に混じって、お邪魔さま。日本人は我々だけである。

黒塗りのこの家は、魔女裁判が最初開かれた、いわば法廷ということになっているが、別段、再現シーンが行われているわけでなく、当時の生活様式を示す家具調度が陳列してある小博物館にすぎない。ま、見ておくのもいいでしょう、という類のものである。

夏なので、古風なベッドや揺り籠の脇に小さな扇風器が置いてあった。

「魔女の家」を出ると、さて困った。後はもうあまり見るものがないのである。

第一、町のスケールを調べる地図さえない。

幸い、通りをブラブラ行くと、すぐに土産物屋が見つかり、外谷順子くらいあるでっかいおばさん（ただしデブではない）が店番をしていた。

ここで魔女の人形を買い求め、

「地図アルカ？」

と聞くと、ある、という。

図体はでかいが笑顔を絶やさないおばさんは、道路に見物ルートを書き入れてくれた。

ただ、私と同行者はそれぞれのトラベラーズ・チェックで買物をしたのだが、あれにはサインをしなくてはならない。

私のを見ても無言だったおばさんが、同行者のチェックを受け取った途端、オー、ベリー・ナイス、エクセレントなどと騒ぎ出したため、私はチップでもやり過ぎたのではないかと青ざめたが、何のことはない、彼女は長年、外資系のオフィスで働き、サインだけはしなれている同行者のサインをほめたのであった。

しかし、面白くないといえばない。

地図によると、セイラムの観光名所は、大体四つに分かれていて、

①チェスナット・ストリート《Chesnut Street》歴史地区《Historic District》

「魔女の家」、「ロープマンション」、「第一教会《FIRST CHURCH》」、同じ一族が維持している家としてはアメリカ一古い「ピカリング・ハウス《PICKER-RING HOUSE》」等の史蹟が並ぶ一画。

②エセックス・ストリート散策区《ESSEX STREET MALL》

①の東に位置する街区。エセックス・ストリートという古い街路を中心に、「ピーボディ博物館」、「エセックス会館」(歴史博物館、図書館、靴店、土産物店を含む)、セイラムのみならずアメリカでも最古の墓地のひとつ、「埋葬地《BURRYING POINT》」等がひしめいている。

③セイレム公園《SALEM COMMON》

セイラムを代表する古い公園。「セイレム魔女博物館《SALEM WITCH MUSEUM》」。

④ダービィ河岸《DERBY WATER FRONT》

ラヴクラフトの作品にもよく名前の出てくるダービィ街の海側に広がる一角で、「セイレム港博物館《SALEM SEAPORT MUSEUM》」、「セイレム海洋歴史地区《Salem Maritime National Historic》」(旅館、西インド商品、靴店、中央館頭を含む)等が名所。ご存知「七破風の家《The House of the Seven Gables》」もここにある。

ただ歩いて見物するだけなら、まとめて一時間もかからない。一番楽しいのは②で、いま(一九八八年六月現在)話題の『モースの見た日本』という写真集——あそこに出ている幕末の日本の資料をセレクトした「ピーボディ博物館」や古書館等もあり、最も文化的な（？）地域といえる。私のお勧めは「魔女の拷問室」。リンド・ストリート16番にそびえ立つ古風な屋敷であるが、勿論、観光用建築。通りに架台が出ており、我々は交互に首と手を突っこんで写真を撮った。ハマープロの「吸血鬼《バンパイア》ハンター・クロノス」を観た人は、巻頭、ヒロイン役のキャロライン・マンローが虐められてた台を思い出して下さい。

　同伴者のときだけ、はずれなくなれば、それを口実にセイラムへ置いて逃げられるなと思ったが、そうはうまくいかなかった。

写真17　魔女の拷問室

「魔女の拷問室」もグループ見学で、こちらはいかにも夏休みのアルバイトといった、若い女の子が案内してくれる。格好は一七世紀だが、はきものはスニーカーである。

　人形を使った魔女裁判の法廷再現、拷問の模様、牢獄等が見もので、ざっと一時間。退屈はしない。東洋人は珍しいのか、説明の途中で私を指し、

「どっから来たの？《WHERE ARE YOU FROM》」と聞いた。

「日本《JAPAN》だよ！」

「OH！　ペラペラペラ」

これで会話はおしまい。通じないのだ。しかし、明るくて頬っぺたの赤い、いかにも田舎の高校生といった感じの可愛い子だったな。

展示場の催し物自体は、日本のお化け屋敷の設備をグレード・アップした程度だが、ショーだと思えば、セイラム一楽しい時間つぶしにちがいない。ま、一度見ればたくさんです。

次の目的地は「ピーボディ博物館」である。

その前にひとつ、事情を説明しなければならない。

実は、「魔女の家」へ行く前に、我々は道を間違え（というより行きあたりばったりに）、手前のチェスナット・ストリートを左へ曲ってしまったのである。

しかし、行い正しき者には救いがありというか、

同伴者がその通りの付近だけが載っている「ニューインクランド歴史の旅」（新潮選書。友達に譲ってしまったので今回の原稿を書くため東京中の本屋を廻ったが見つからなかった。足が棒のようになり、非常に疲れた。新潮社は何をしている。編集のMさま、締切に遅れたのはこういう理由なんです、ハイ）という本を持っており、この通りにも古いニューイングランドの伝統的な建築物があると主張。見ましょうということになった。正直いって、私は自分のとこ以外、他には意味がない。しかし、ここまで来た以上何でも見なければ損である、

今でもよく覚えているが、他の家々からポツンと離れたところにブティックらしきものが建っており、

ショーウインドウには純白の花嫁衣裳がかかっていた。空は青く、通りに人影はなかった。

ふと誰が仕立てたのだろうかという気が湧いた。

あれはもう売れたのだろうか。誰が買い、どんな式に着て、どんな男と一緒になったのか、そして、今はもう、花嫁の戸棚の奥に仕舞われたきり、ひっそりと眠っているのだろうか。わかりはしない。六年前のことだ。

ニューイングランド風の家とは、通称ピッカリング・ハウス。どこが古風なのかというと、家全体が完全に左右対称に作られているのである。

家の中央にドアがあり、その中心から縦に真っ二つに割るとどっちがどっちかよくわからなくなるのだ。あっちが大きい、と子供たちも喧嘩しなくてすむ。ケーキとは違うのである。

外から見ると確かにその通りだった。だからどうしたといわれると困るのだが。

「もういいから、『魔女の家』へ行って見ないか」

と私が提案すると同伴者はまだよ、という。チェスナット・ストリートには、サミュエル・マッキンタイアというアメリカの名物建築家がつくった家がいくつもあるのだそうだ。

ここで読者にお詫び。この原稿執筆中に、どうも感じがおかしいので同伴者に問いただしたところ——ニューポートの次は、もう一回プロヴィデンスへ戻り、そこから友人のいるアムハーストへ出動。一泊後、バスでボストンへ向かってから、ホテルへ荷物を置き、日帰りでセイラムへ来たのよ、馬鹿、ということであった。

抜かした部分は、セイラムの後ね。

なぜ、おかしな感じがしたかというと、マッキンタイアの建築について知ったのは、ボストンで彼の建てた家を実際に見たときだという記憶があるからであった。

しからば、この男《ひと》が建築したのはどういうものかというと、一階、二階、三階、屋根裏と上へ行くにつれて、窓が小さくなるのである。でっかい祖父母、中くらいの両親、小さな子供、生まれたての赤ん坊の順で建てられたような感じなのだ。

内側も窓に合わせてあるのかどうかわからないが、だとしたら無茶である。両親は絶対に赤ん坊の部屋に入れないではないか。

私は憤慨したが怒っても仕様がないので写真などを撮ることにした。

パチパチやっているときに、夫婦連れらしい老人が二人通りかかり、女性の方とぶつかりそうになって私は、「失礼」と詫びた。

途端に、

「あら、日本の方⁉」

婦人は日本人であった。聞けば、日本でアメリカ軍人の御老人と結婚。やがて、渡米しセイラムで最初の日本人住民になったらしい。

この女性のおかげで、私は多分、読者の誰よりも早く、日本の美術品がこの魔女狩りの街に眠っていることを知ったのだ。

## マサチューセッツ州アーカムより

その女性と会ったのは、昼すぎのピーボディ博物館の内部《なか》であった。

アルバイトで、日本から渡ってきた収集品の整理をしているといい、地下の保存室へ案内してくれる。

小学館から出た「モースの見た日本」という大判の写真集は、明治初期に来日したエドワード・シルベスター・モースのコレクトした日本の品々を紹介したものだが、そのすべては、このピーボディ博物館所蔵のものであり、我々が通された地下の収蔵庫はB―4《フォー》と呼ばれる場所らしい。

ちょっと凄かった。

天井から古い錦絵《にしきえ》や凧《たこ》がぶら下がり、でっかいテーブルの上には燭台、足袋《たび》などがびっしり。

その女性がテーブルの引出しを開けると、手拭《てぬぐ》いだの、双六《すけろく》だのが溢れんばかり。

「これ、まだ膨大な量が残っていて、全然、整理がついていないのです」

といわれた。さもあらん。

博物館には「ウェルド・ホール」と呼ばれる一角があり、ここには明治初期――つまり、ほとんど江戸時代の日本の生活用品が並んでいる。というより、このホールはそのために作られ、寄贈されたものなのである。

ラヴクラフトとモースとどういう関係があるのだ、というラヴクラフティアンの不満もあるだろうが、何かの拍子にこの一文を眼に止め、ラヴクラフトって誰？　と興味を持つモース研究家もいるかもしれない。少し、ピーボディ博物館とモースについて触れておこう。ちなみに、参考文献は『モースの見た日本』である。

モースこと、エドワード・シルベスター・モースは、中高の日本史によれば、大森貝塚の発掘者として名高いが、他に、日本における民具研究の端緒を開いた人物という功績がある。

近世末以来、精神文化研究に偏重してきた日本の学問、特に人文科学は、物質文化研究による実証主義的方法を不当に軽視してきた。つまり、社会の移り変わりの具体的例証として、民具に注目するなどという視点は存在しなかったのである。

モースは、それをやった。おかげで、明治初期の民具を研究しようと思うと、多くは日本に保存されず、ピーボディ博物館の力を借りなければならない。

モースがはじめて日本へやって来たのは、一八七七年（明治十年）のことで、翌年四月に再来日。一八八九年六月に三度目の、最後の訪日を行っている。

初来日の頃、日本は「西南の役《えき》」の真っ最中であった。新政府の定めた四民平等、近代化政策に反対した士族団は、一八七六年（明治九年）の廃刀令をきっかけに、西郷隆盛を頭にいただき反旗をひるがえしたものの、モース来日時には敗退を重ねており、翌年九月、西郷は自刃し、戦いは終わった。

すでに、鉄道が開通し、電話線が東京から九州にまで達していた時代である。

それでも、一般市民の生活は江戸時代末期と何ら変わりがなかった。電気釜の代わりに鍋と七輪で煮炊きし、フィルター付きの煙草の代わりに煙管《きせる》がはびこり、ファミコンは独楽《こま》や凧上げが代用している。今日、日本では、見られぬ数々の品々が、ピーボディ博物館に収められている。モースの収集品を整理した人物の中心が、チャールズ・ウェルドであり、一九〇七年（明治四〇年）にいたって、ウェルドは、それらを展示するためのホールを建設、それを寄贈した。今日のウェルド・ホールである。

——と得意げに書いてはきたものの、初訪問にはこんなこと何も知らず（ピーボディとモースの関係も知らなかった）、行ってみてびつくり。

詳しくは聞かなかったが、資料の整理はそこの女性ひとりが専従らしく、大変だなあと思ったものである。それでも、こんな小さな町にも日本人がちゃんと生活しているんだな、と思うと何となくうれしくなるというか、安心するではありませんか。

彼女とは、夕食を共にして別れ、それっきりだが、多分、何処へ行っても元気にやっているだろう。ちなみに、この夕食のとき食べたチリ・ソースが実に辛くておいしく、何とかもう一度食べたいものだと思っていたら、帰国してすぐテーブルに並び、さすがに仰天した。

味もほとんど大差ない（もう少し辛かったが）。どうやってつくった？　と聞くと、同行者いわく、味を覚えていた、と。

私はあまり物事に驚かない性質（よく大仰に驚いて見せるが、あれはサービス）だが、このときはびっくりした。女も捨てたものじゃない。

それはさておき、夕食を終えて外へ出ると外はもう暗く、我々はボストンへ戻らねばならない身の上である。アメリカ在住の友人夫婦は、アムハーストなる学園都市に住んでおり、そこへはボストンからのバス便が一番近いのである。

暗いバス停で待っているが、バスはなかなかこない。

夜はさらに更《ふ》け、我々以外に乗客もいないようだ。となると、本当にバスは来るのだろうか、バス停は間違っていないか、という気分になってくる。

一時間は待ってたろう。何しろ、時間をつぶすための喫茶店もないのである。

不安のあまり、映画館前のバス停から、少し離れたスーパーマーケットの前へと移る。

来た。

「BOSTON」の標示。ほっとしたね。

乗客は私たちだけだった。運転車は黒人で、何か話しかけてきたが、疲れているのと語学力不足で、会話は成立せず、私は寝込んでしまい、気がついたらボストンのビル灯りが四方を取り巻いていた。

セイラムへ出掛ける前に泊っていたホテルへ戻り、翌朝、スプリングフィールド行きのバスに乗った。

バス停に友人夫婦が、迎えに来てくれており、でっかい車でアムハーストへ。

マサチューセッツ大とスミス女子大で有名な学園町である。私はどちらも無知識だったが、後に「アンアン」か「ノンノ」で、後者の記事を読み、構内をぶらついておけばよかったと思う。

友人夫婦の家へ行く前に、面白いところへ寄った。

通称〝ビッグ〟というカーニバルが近郊へやって来ているのである。

友人の説明によると、なにしろ田舎だから娯楽がまるでなく、こういう催しがあると、そこいら中の連中が集まり、大騒ぎになるそうだ。

カーニバル――ちょっと古いSFファンなら、レイ・ブラッドベリの「黒いカーニバル」「何かが道をやって来る」を、映画ファンなら、エルビス・プレスリー主演の『青春カーニバル』あたりを想い出すかもしれない。

あの懐かしい名前。その本物である。

実物を見ると、小説も映画もまるでスケールが小さい。というより、こちらが大きすぎるのである。「何かが〜」では、乗った者の生体時間を自在にコントロールする回転木馬ぐらいが最大の施設だったが、〝ビッグE〟には、読売ランド顔負けの大観覧車はある、お化け屋敷は五つも六つもある、バイクの曲乗りはある、乳牛の大展示会はある。とにかく、スケールがでっかいのである。

試しに大観覧車に乗ったが、駐車場は車の群れ、それも乗用車ばかりではなく、トレーラーがずらり、何日もかけて家族総出でやって来るらしい。

面白いのは、駐車場不足を当てこんだ近所の家が、自分たちの庭を提供し、この値段を家に掲げているのだが、カーニバルから遠ざかるにつれて安くなるのである、実にビジネス・ライクでよろしい。

お化け屋敷へ入って見た。

日本のみたいな仕掛けはほとんどないが、ゾンビの恰好した子供が本物の電動鋸《のこぎり》をかざして襲いかかってくるのは、最近の流行か。

先を歩いていた女の子のグループが、途中で我々の後ろに隠れ、先に行ってちょうだいと哀願したのは、日本と同じであった。

あちこち廻って、さて帰ろうと頭上を見上げると、飛行機が宣伝幕を引きながら飛び廻っていた。

これで家かなと思ったら、車は別のでっかい建物の前に停止した。

マーケットであると友人が説明する。

夕食の肉を買いに来たらしい。

ここも、近隣の町すべての需要をまかなっているらしく、とにかくでかい。グアム島へ行ったことのある方、あそこに「ギブソンズ」という大型スーパーがあったでしょ。あれの五倍は大きいと思って下さい。ジャンボジェットの格納庫みたいなものである。

さて、この中をうろうろしているうちに、気がつくと、建物の外は白っぽい霧が立ちこめている。

見る見るうちに濃くなってくる。

友人夫婦に、凄いね、ときくと、

「おかしいな、こんな霧、はじめてだよ」

と顔を見合せている。地形的に霧など出ない場所らしい。

私は何となくぞっとした。

# ラヴクラフト・オン・スクリーン

＊本編初出は一九八四年『幻想文学』第六号（幻想文学出版局）

ラヴクラフトの小説群は、映像分野の立場からみてもはなはだ興味をそそる要素を含んでいるらしく、『怪談呪いの霊魂』（一九六三年・原作「チャールズ・ウォードの奇怪な事件」）、『悪霊の棲む館』（『Die, Monster, Die!』一九六五年・原作「異次元の色彩」TV放映）、『太陽の爪あと』（一九六六年・原作「開かずの部屋」）、『THE DUNWICH HORROR』（一九六九年・原作「ダンウィヅチの怪」未公開）の四作がつくられている。

『怪談呪いの霊魂』は、悪魔研究の挙句火刑に処された祖先カーウィンの古城へやってきたチャールズ・ウォードが、その悪霊にとり憑かれ、若妻を生け贄にしかかるが間一髪で救われるまでの怪奇譚。監督＝ロジャー・コーマン、脚本＝チャールズ・ボーモント、主演＝ヴィンセント・プライス。

『悪霊の棲む館』は、婚約者の故郷を訪れた青年が、一族全員が毒に侵されているようなその館で、奇怪な怪物や植物に遭遇するSFホラー。監督＝ダニエル・ハラー、脚本＝ジェリー・ソール、主演＝ボリス・カーロフ、ニック・アダムス。

『太陽の爪あと』は、ホラーならぬミステリーで、古い館を相続したヒロインが夫とともに、水車小屋に潜む〝怪物〟の謎を解く。監督＝デヴィッド・グリーン、脚本＝ナサニエル・タンチャック、アレックス・ジェイコブズ、主演＝キャロル・リンレイ、ギグ・ヤング。

『THE DUNWICH HORROR』は、ご存知ウィルバー・ウェイトリーが悪魔降臨のために美女を捧げようとするが、科学者に阻止されるホラー。監督＝ダニエル・ハラー、脚本＝カーチス・リー・ハンソン、ヘン

怪談呪いの霊魂
THE HAUNTED PALACE
エドガー・アラン・ポオ
ヴィンセント・プライス
デブラ・パジェット
ロジャー・コーマン
DVD

『悪霊の棲む館』（『Die, Monster, Die!』1965 年）より

リー・ローゼンバウム、ロナルド・シルコスキー、主演＝サンドラ・ディー、ディーン・ストックウェル。

ラヴクラフトの原作自体、彼がなぜあれほど執拗に異形の創造に熱中したか、あるいは彼自身における妖魔そのものの扱い方の変化というような観点からアプローチを試みる必要があるだろうが、少なくとも、同一作家の異なった小説がこれだけ映像化されたということは、彼の作品がいかに映画向きだったかを雄弁に物語る。

まず「怪物」の魅力であろう。

『悪霊の棲む館』における、隕石の放射能によって次第に奇形・凶暴化するウィットリー一族、『太陽の爪あと』で、あの〝狼男〟オリバー・リードさえ滲殺してのけた開かずの間の存在、加えて、TVシリーズ『四次元への招待』中の一篇「PICKMAN'S MODEL」で暴れまわった食人鬼等、一九五七年から六〇年代後半まで世界の映画市場を席捲した、英ハマー社製モンスターにもひけをとらぬ連中が勢揃いしている。

ラヴクラフトは、およそ、あらゆる畏怖の対象が人間心理の

THE SHUTTERED ROOM
太陽の爪あと
DVD

『THE DUNWICH HORROR』より

奥底まで含めて小説化されてしまった後、異世界の生物というSF的概念をとり入れて、恐怖小説の「怪物」に新味《しんみ》をもたらしたのであるが、同時に、その描き方も暗示や曖昧な表現を避け、時には苦笑をさそうほど具体的である。「ダンウィッチの怪」における人妖混血の怪人ウィルバー・ウェイトリーの死に際の描写など、その最たるものだろう。いかんせん、筆者は映画版『THE DUNWICH HORROR』を観ていないので、原作通りの怪物が出てくるかどうか確認していない。ラスト三〇分の特殊効果が凄まじいというあちらの批評に、ウィルバーとあの姿なき怪物が含まれていることを。

結局、筆者の観ることができた『悪霊の棲む館』『太陽の爪あと』二本について集中的にお話しすることになるが、怪物の扱いは後者が上である。怪物をもろ画面に登場させ、ラストでヒーローとヒロインを救い、しかも馬鹿らしくないように観せるとなると、怪物は必然的に大した能力も持たぬこけ脅しの存在とならざるを得ない。それをカバーするのが、怪物の出し方や、ショックとサスペンスのリズム観、恐怖ムードの醸成等、演出のテクニックなのだが、『悪霊の棲む館』のダニエル・バラー監督はもともと美術担当のため、怖がらせ方はまあ水準。

それが何故か印象に残っているのは隕石の毒素を浴びて怪物化するウィットリー家の当主を演じるボリス・カーロフの貫録と、全編光学合成でかがやく怪物のユニークさのせいである。怪物を防ぐドアが外から破られ、割れ目が広がっていくにつれて、光のしみがじわじわ滲んでくるシーンも面白い。

『太陽の爪あと』は実はSFでもホラーでもなくミステリーなのだが、そのため屋根裏（だったと思う）に隠された恐怖の対象を最後まで明かすことができず、それがかえって恐怖感を高める結果となった。『悪霊の棲む館』の見せ場が、カーロフの変身以後の大暴れにあり、それがやや平凡な出来に終わったため映画全体が損をしたのと逆に、こちらは怪物（正確には怪人）の正体を見せるまで、薄汚れた奇怪な手が男女を引き裂くシーン等で恐怖感を持続させ、正体露顕《ろけん》とほぼ同時に炎のエンディングへつながってしまうのだ。この辺に、想像力へ訴えかけることのできる小説と異なり、具体的な姿がそのまま出てしまう映画というメディアにおける「怪物」のもつ宿命的な問題があるのだろう。ラヴクラフトの怪物に、『ハウリング』や『遊星からの物体X』を可能とした特殊メイク技術が極限値に達しかけている今日こそ、新たな脚光を浴びるべきだといえる。遠去かりゆく船を追いかけるクトゥルーと大廃墟、を是非一度、大スクリーンで観たいものだ。それには、メイク自体が「驚愕」ではなく「恐怖」の喚起力を持つことが大前提なのだが――。

さて、「怪物」を登場させることの欠陥を克服することができなかった点を除けば、『悪霊の棲む館』は実に見事にラヴクラフト原作のムードを伝えている。怪奇映画らしさを強調するためか、舞台はアメリカ東部から草深きイギリスの片田舎に移されはしたものの、主人公がただひとり、隕石の放射能のせいで荒れ果てた土地をウィットリー邸まで赴く道すがらの描写は素晴しいのひと言に尽きる。長年、あのロジャー・コーマンのもとで秀れた作品を手がけてきた美術監督ダニエル・ハラーのセンスと、『原子人間』（一九五五年）から『スーパーマン』（一九八一年）まで、幾多の特殊効果を手がけてきたベテラン、レス・ボウイの実力発揮。やはり放射能に侵された巨大植物に囲まれたウィットリー家のセットもムード満点で、地下室の檻の中でうねくりまわっている蛸みたいな怪生物は、暴れないだけラストのモンスターより怖く、このSFホラーともいうべき映画のSF的味つけに一役買っている。

ラヴクラフトの舞台といえば架空の都市アーカム、廃滅の港町インスマス、呪われた寒村ダンウィッチ等が有名だが、『太陽の爪あと』も、ニュー・イングランドの港町ダンウィッチ（！）を舞台に、ヒロインの過去に秘められた謎（それが怪物の正体）を巡る物語がムードたっぷりに展開する。うらぶれた波止場や海辺の風景はいかにもあの街らしいし、ミステリーに変更されたとはいえ、ラヴクラフトの雰囲気はかなり良く出ていた。自殺したギグ・ヤング（『死亡遊戯』）が、荒くれ漁師どもを片っぱしからなぎ倒す空手の名人の役で出ていたのも懐かしい。この二作、どちらもイギリスで撮影されたということは、ラヴクラフト世界が、というよりラヴクラフトそのひとが、伝統を誇る英国怪奇小説の正統的末裔《まつえい》であるという、ひとつの証拠になるかもしれない。

ちなみに、『怪談呪いの霊魂』は、怪奇ファンの尽力によって近々観ることができそうだし、『THE DUNWICH HORROR』も、そろそろビデオ化されるころである。前者に関しては、ダニエル・ハラーが担当したセット・デザインおよびフロイド・クロスビーのカメラ・ワークと色彩設計が抜群と評価されていること、後者については、監督ダニエル・ハラー（まただ！）の演出と秀れた特殊効果のおかげで、水準以上のホラーに仕上がっている（らしい）旨だけをお伝えしておく。

映画化作品は以上の四本だが、テレビ映画となると、先に触れた『四次元への招待』――あの「ミステリー・ゾーン」の製作者ロッド・サーリングが手がけた一時間のホラー・シリーズ中に、「ピックマンのモデル」および「冷気」が含まれていることだけはわかっている。「ピックマンのモデル」のストーリイは大分変えられており、原作は、狂気の画家とその友人が体験する一夜の恐怖物語で、食人鬼の姿は絵と写真でしか示されないが、TVの方は、ピックマンの後援者たる女性を花嫁にしようと、ハネス・ボクの絵そっくりの怪物が大立ち廻りを演じる。ほんの数秒だけそのシーンを見たが、なかなか迫力があったぞ。

"Pickman's Model"（Night Gallery/Universal Studios/1970）より

怪物の造型は『猿の惑星』でおなじみのジョン・チェンバースと驚くなかれバド・ウェストモア。『大アマゾンの半魚人』を造った人物である。それもそのはず、この食人鬼はウェストモアがユニバーサルから半魚人の胴体部を借り受け、それにチェンバース製作の頭部をつけたものなのである。監督＝ジャック・ライヤード、主演＝ブラッドフォード・ディルマン。「冷気」の方は未見で、監督＝ヤノット・シュワーク、主演＝バーバラ・ラッシュ。

なお『四次元への招待』は、一九七〇年十二月にアメリカでスタートしたもので、「フォー・イン・ワン」という、四つの番組が毎週交代で放映されるシリーズ中の一篇であった。これは一シーズン・一七回つづき、二シーズンめからは毎週登場の独立シリーズとなったが、日本で公開されたのは最初の六回のみ、しかも千葉テレビというローカル放送局からだったため、筆者は観ることができなかった。

問題は二シーズン以降で、この中に二作、ラヴクラフトの名前が登場する作品が含まれているのである。「Professor Peabody's Last Lecture」と「Miss Lovecraft Sent Me」がそれで、前者は、ラヴクラフトの創造した邪神たちについて過《あやま》ちをしでかす教授の話で、この講義に文句をつける学生の名がなんと、ロバート・ブロックにオーガスト・ダーレス！

後者はラヴクラフト夫人の命をうけ、吸血鬼らしい紳士の家へ子守りに出掛けるいかれたベビー・シッターの物語。監督＝ジーン・カーニイ、主演＝スー・リオン。

以上が確実に映画とTVのスクリーンを飾ったラヴクラフト（関係の）作品だが、他に「妖犬」がテレビ化されたという情報もあり、これからも意外な作品が製作・発掘される可能性が古同い。

H・P・ラヴクラフト――つねに、新時代の人々の好奇心と恐怖への憧れを喚起せずにはおかぬこの鬼才の本領が、映像という限りない進歩を続ける分野で発揮されるのは、まだこれからである。

（本章に登場する映画・TV番組は、現在すべてDVD、youtubeで観ることができる。著者注）

ハネス・ボク画「ピックマンのモデル」

# あとがき

大分前だが、創土社の担当氏から、

「クトゥルー短編集を出します」

と言われたときは、少なからず驚いた。

少なくとも、私がそうだと意識して書いた短編は、本編に収録した「サラ金から参りました」だけだと思っていたからである。

しかし、担当氏は、

「あります」

自信たっぷりに胸を張る。そう言われると、

「そーかー」

と認めてしまうのが、私の情けない性分なのであった。

しかし、即刊行とはいかず、月日は流れ、私はこの本のことを忘れた。

思い出したのは、十日ほど前に担当氏からの電話で、

「コミカライズが間に合わなくなりました。短篇集行きますっ！」

と宣言されたときである。

しかし、前のことをすっかり忘れていた私は、新しい提案のごとく新鮮な歓びに駆られ、

「へえ、何が入るの？」

と訊いてしまった。

担当氏の返事は、

「『サラ金から参りました』『切腹』『出づるもの』『怪獣都市』の四作プラス『ラヴクラフトの故地を訪ねて』です」

とのことであった。

正直に言う。

『切腹』と『怪獣都市』は記憶になかった。そして、短篇集中、最も新しいのが『怪獣都市』なのであった。

やれやれ。

さて、小説四本中二本――『サラ金から参りました』と『出づるもの』は、確かにクトゥルー神話を意識した短篇だが、『切腹』と『怪獣都市』には、そんな記憶など皆無であった。特に『怪獣都市』は、読者の予想に対して捻りを加えた怪獣ものをと考えた結果で、読み返すと、クトゥルーどころか、なぜこうなるのかも良くわからない作品である。

しかし、編集氏に言わせると、私が、

「今度のやつ（『怪獣都市』のこと）は、短篇集を出すときに少し手を加えれば、クトゥルーものになるよ

う書いてみるつもりだ」

とえらそうに喚き立てたという。そうでしたか。

では、各作品について触れておこう。


『切腹』——井上雅彦が短篇を担当していた『異形コレクション』に発表していた作品——というが、全く記憶がない。ゲラで読み返すと、確かにクトゥルー、特に『インスマウスの影』(タイトルは私の好み)の影響が大である。その辺をもう少しはっきり、という創土社側からの要望もあり、手を加えてみた。わかるかね?

発表後しばらくして、新しい漫画雑誌が創刊となり、その何号かへコミカライズしたものを掲載するという話になった。かわぐちかいじ氏のアシスタントの方が完成させ、私も原稿を拝見した。不気味さの良く出た傑作であったが、漫画雑誌がつぶれ、果たせなかった。創土社の担当氏が探してくれたものの、原稿も紛失中とのことであった。

すっかり忘れていたので、実に愉しく読めた。恐怖を盛り上げていく緊張感のある文章がいい。


『出づるもの』——これは確か学研のアンソロジーに収録した作品だが、初出何だったか? 自分でもはっきりクトゥルー神話を——その雰囲気を意識したストーリイや書き方になっている。読者が、北海道って寒そうと思ってくれたら成功である。

友人のひとりは、

「アンソロジーの中でいちばん良かった」

と誉めてくれ、私もたちまちその気になった。

『サラ金から参りました』——正しくは街金ですね。しかし、タイトルとしては、こっちの方がいいだろう。

『異形コレクション』の〝GOD〟に発表した。

水道管のアイディアは「阿呆か！」と「天才だ！」の二つに分かれた。公正な眼で見ると前者だろう。これもクトゥルー神話ばりばりの作品だが、生け贄にされる女の子が助かるという設定は、先にあるホラー小説が惨忍極まる人体損壊をやってのけたため、頭へ来て作り出したものである。ま、『魔界行』の作者が善人ぶっても始まらないが。

本作の主人公の性格付けや、CDW金融なる設定が、『クトゥルー・ミュトス・ファイルズ』の第一弾『邪神金融道』を生んだのは間違いない。

そもそも私は、映画でも子供でも、魅力的な脇役というのが大好きで、思い切りパクらせてもらったのが、CDW金融の謎の〝社長〟である。CDW金融というのは、言うまでもなく、H・P・ラヴクラフトの

「チャールズ・ウォードの事件」の主人公――チャールズ・デクスター・ウォードから拝借したもので、作品は、はっきりミステリー・タッチ。古《いにしえ》の廃屋の地下に広がる世界の描写は圧倒的といっていい。現実をしっかり踏まえて、その背後に広がる宇宙的恐怖を読む者の心臓に食い入らせるラヴクラフトの真骨頂《しんこっちょう》ここにありだ。

探偵役を務める医師は、ここで不死と思しい奇怪な生物や忌まわしい怪実験の痕を眼にして発狂寸前、とある瓶の口を開け、そこから煙とともに出現した何者かに救われるのだが、私はこの何者かに注目した。彼は医師を救い、地下室を封鎖し、外国へ逃亡した悪鬼の仲間たちを滅ぼす。ラヴクラフトには珍しい正義の超人の登場である。

初読以降、いつか使わせてもらいたいと思っていた――その願いが叶って嬉しかった。彼は本篇中の書き下ろし『賭博場の紳士』にも出演中である。

「怪獣都市」――「賭博場の紳士」を別にすれば、これがいちばん新しい。メディアファクトリーの『怪獣文藝』に発表したもの。ストレートな怪獣小説ではなあと考え、捻りを加えたのは前述のとおり。作品の印象も同じである。本人は中々の出来だと思っているが、真逆の感想もあるかも知れない。公にしなくていいからな。

元ネタは、私の『雨の町』を原作とした同題の映画が上映されることになり、主催者に出席を要請された下関の映画祭。楽しい時間《とき》であった。勿論、誰も仮面を被っていないし、姿なき怪獣も現れた覚えはない。

怪獣の元ネタはゴジラらしいが、前述にあるエラソーな啖呵《たんか》のごく、本篇には収録するに当たって、『ダンウィッチの恐怖』を連想させる透明怪獣へと変身させた。それでも炎を噴いたりするのはご愛敬《あいきょう》だが。


せっかく遠出したのだからと、武蔵と小次郎の巌流島へ渡ったり、下関と門司とをつなぐ海中トンネルを歩いたりしたが、トンネル内でマラソンをやってるおっさんを見て、色々な利用の仕方があるものだと感心したのを覚えている。

後で、とある実話怪談を読んだところ、そのトンネル内に出ると明記されており、げ、心霊スポットだったのかと震えあがった。


「賭博場の紳士」——書き下ろし。こういう短篇集には付きものの企画である。担当氏いわく、

「前に、ＣＤＷ金融の成立事情を書くから、と言ってました。あれお願いします」

舌禍事件が多いようである。

会社創設の資金を集める〝社長〟の物語だが、ポーカーの相手やカードの配り手が誰かは、途中で想像がつくだろう。例によって、酔った勢いのおでぶちゃんが気に入っており、久々の本格（？）クトゥルー小説

「邪神漫遊記」にも登場させる予定。モデルは私の読者ならかヽつヽてヽ知ヽつヽたヽるあの女性《ひと》だが、いやはや、幾らでもイメージを湧かせてくれる掛け替えのない友である。

「あんたは私を食いものにしてるのよ」

二〇一七年六月二十七日

「残穢《ざんえ》」（二〇一六）を観ながら

菊地秀行

＊初出一覧

サラ金から参りました……『GOD　異形コレクション〈12〉』一九九九年・廣済堂出版
出づるもの……『幻視の文学 1985』一九八五年・幻想文学出版局
切　腹……『人魚の血　異形コレクション綺賓館〈4〉』二〇〇一年・光文社
怪獣都市……『怪獣文藝』二〇一三年・メディアファクトリー
ラヴクラフト故地巡礼……『宇宙船』一九八五年四月号より一三回に渡って連載（朝日ソノラマ社）
ラヴクラフト・オン・スクリーン……『幻想文学　6号』一九八四年・幻想文学出版局

《書き下ろしクトゥルー神話》

邪神金融道

菊地　秀行

本体価格・一六〇〇円／四六版

カバーイラスト・ヨシタケ　シンスケ

《あらすじ》

社員の誰ひとり顔を知らない謎の社長が経営するＣＤＷ金融。そこで働く「おれ」がラリエー浮上協会に融資した5000億の回収を命じられ、神々の争いに巻き込まれていく。

《作品紹介》

ホラー作家菊地秀行の書き下ろし長編クトゥルー小説。「ＣＤＷ金融」の初出は1999年に出版された「異形コレクション・ＧＯＤ」。『本書は私しか書けっこない、世界で一番ユニークなクトゥルー神話に間違いない！』(著者あとがきより)

クトゥルー・ミュトス・ファイルズ
The Cthulhu Mythos Files

クトゥルー短編集
**邪神金融街**

---

2017年8月1日　第1刷

---

著　者
菊地 秀行

---

発行人
酒井 武史

---

カバーイラスト　池田 正輝
本文中のイラスト　楢 喜八、R・ピックマン、如澤 涼音
帯デザイン　山田 剛毅

発行所　株式会社　創土社
〒165-0031 東京都中野区上鷺宮 5-18-3
電話 03-3970-2669　FAX 03-3825-8714
http://www.soudosha.jp

印刷　株式会社シナノ
ISBN978-4-7988-3044-5　C0093
定価はカバーに印刷してあります。

『超訳ラヴクラフトライト』１～３
全国書店にて絶賛発売中！
超訳
ラヴクラフト
ライト
Super Liberal Interpretation
Lovecraft Light
創土社